clv

J. Larcombe Rees

Der Fluch
von Schwarzeneck

clv

Christliche
Literatur-Verbreitung e.V.
Postfach 11 01 35 · 33661 Bielefeld

1. Auflage 1985
2. Auflage 1989
3. Auflage 1992
4. Auflage 1995
5. Auflage 1999

Originaltitel: The Curse of Craigiburn
© 1967 by J. Larcombe Rees
© der deutschen Ausgabe 1985 by
CLV Christliche Literatur-Verbreitung
Postfach 110135 - 33661 Bielefeld
Übersetzung: Manfred Siebald
Umschlag: Dieter Otten, Gummersbach
Druck und Bindung: Ebner Ulm

ISBN 3-89397-106-8

Inhaltsverzeichnis

Kapitel 1
Was auf Schwarzeneck geschah 7

Kapitel 2:
Der Hässliche aus dem Wald 16

Kapitel 3:
Jetzt habe ich dich 25

Kapitel 4:
Eine aufregende Entdeckung 36

Kapitel 5:
Basti, die Wilde 47

Kapitel 6:
Der leere Käfig 54

Kapitel 7:
Entdeckt 64

Kapitel 8:
Der Kaiser und die Bombe 73

Kapitel 9:
Ein Schock für Horst 80

Kapitel 10:
Wer war Sylvia Mohr? 93

Kapitel 11:
Ein neuer Freund 105

Kapitel 12:
Probleme über Probleme 120

Kapitel 13:
Sebastian und die Blaskapelle 130

Kapitel 14:
Das Preisschießen 141
Kapitel 15:
Überraschungen für Frank 150
Kapitel 16:
Vieles ändert sich 156

Kapitel 1

Was auf Schwarzeneck geschah

Der Vater hatte gesagt, das Haus sei verflucht.

Frank saß in den dürren Zweigen des Apfelbaumes und schaute hinüber. Jetzt war er ja schon älter und verstand, dass der Vater die Bewohner des Hauses und ihre Familie gemeint hatte, aber an diesem Nachmittag sah auch das Haus verwunschen aus. Der graue Granit der Mauern hob sich düster von dem helleren Grau des Himmels ab und der Wind peitschte die Zweige der Kiefern unbarmherzig gegen das Schieferdach. Die Farbe, mit der der Urgroßvater die Fensterrahmen und die Haustür gestrichen hatte, blätterte ab, und überall waren die schweren Brokatvorhänge aus Urgroßmutters Zeiten vor die Fenster gezogen. Aus dem Garten, den sie noch gehegt und gepflegt hatte, war eine schreckliche Wildnis geworden.

Wirklich, das Haus sah verflucht aus.

Es schien Frank, als habe sein ganzes Leben lang der Schatten all des Unglücks auf ihm gelegen, das in diesem Bauernhaus geschehen war; und doch hatte er bis vor kurzem noch nicht einmal wissen dürfen, worin dieses Unglück bestanden hatte. Das war das Schlimmste an der ganzen Sache - niemand hatte ihm davon erzählen wollen.

Wenn er fragte, vertrösteten sie ihn: "Du wirst es erfahren, wenn du älter bist." Dadurch wurde in seiner Einbildung das Unglück immer größer und schließlich malte er sich so entsetzliche Dinge aus, dass er sich zum Schlafen die Decke über den Kopf ziehen musste.

"Eigentlich habe ich alles erst vor ein paar Monaten herausgefunden", flüsterte er vor sich hin, "aber es kommt mir vor, als seien es Jahre." Er rief sich jenen wichtigsten Tag seines Lebens ins Gedächtnis zurück. Wie es am Nachmittag geregnet hatte! Er war mit einer ellenlangen Einkaufsliste in Herrn Michels Laden gestürzt. Herr Michel besaß das einzige Geschäft in der Gegend, aber er verkaufte auch alles, was man sich vorstellen konnte - das behauptete er jedenfalls. Frank musste grinsen, als er an Herrn Michel dachte. Er war so dick, dass manche Leute meinten, er käme nur deshalb nie aus seinem Laden heraus, weil er nicht durch die Tür passte. Wenn man ihn in der richtigen Stimmung erwischte, dann konnte er Geschichten erzählen wie kein zweiter; der Haken dabei war nur, dass seine Geschichten gewöhnlich vom Unglück anderer Leute handelten und dass sie immer wahr waren. Wahrscheinlich mochten ihn deshalb die Erwachsenen nicht; doch bei den Kindern war er umso beliebter.

An diesem Nachmittag hatte Frank ihn hinter dem Ladentisch entdeckt. Er saß dort und verzehrte einen Keks nach dem anderen. Das war ein sehr gutes Zeichen es bedeutete, dass er Zeit hatte und in Erzähllaune war.

"Meine Güte!", rief er, als Frank den Laden betrat. "Wenn man dich da im Halbdunkel stehen sieht, gleichst du deiner Mutter wirklich aufs Haar."

Während Herr Michel die Lebensmittel auf Franks Liste zusammensuchte und dabei immer noch fröhlich seine Kekse knabberte, schossen Frank wild die Gedanken durch den Kopf. Heute hatte ihm zum ersten Mal in seinem Leben jemand etwas über seine Mutter gesagt.

"Wenn ich ihn nur zum Sprechen bringen könnte", dachte er verzweifelt, "dann könnte ich es herausbekommen ... alles! Dass jetzt bloß niemand in den Laden kommt und

uns stört!" Sein Herz schlug heftig, als er so beiläufig wie möglich sagte:

"Haben Sie denn meine Mutter gekannt, Herr Michel?"

"Ob ich sie gekannt habe?", antwortete er und drehte sich um. Sein Arm, mit dem er etwas aus dem Regal holen wollte, hing noch in der Luft. "Natürlich habe ich sie gekannt; ich habe sie alle da oben auf dem Hof gekannt."

Frank musste schlucken. "Dann wissen Sie auch über all das Unglück Bescheid?"

"Ob ich darüber Bescheid weiß?", fragte Herr Michel noch einmal. "Natürlich."

"Aber ich noch nicht", sagte Frank ganz leise; "meinen Sie nicht, ich wäre jetzt alt genug, es zu erfahren?"

Herr Michel nahm einen großen Schokoladenkeks und kaute still vor sich hin. Frank erinnerte sich jetzt daran, wie er in der Dunkelheit des kleinen Ladens der Antwort auf seine Frage entgegengefiebert hatte. Es war ihm vorgekommen, als äße Herr Michel den größten Keks der Welt; so lange Zeit brauchte er zum Kauen. Endlich hatte er in seiner breiten und umständlichen Aussprache gesagt:

"Vielleicht bist du alt genug, Jungchen, vielleicht; aber verrate nie deinem Vater, dass ich es dir erzählt habe!

Ich erinnere mich gut an deine Urgroßmutter - eine feine alte Dame, mit einer richtigen Adlernase."

"Ich weiß", lachte Frank, "im Wohnzimmer haben wir in einem großen schwarzen Rahmen eine alte, vergilbte Fotografie von ihr stehen. Darauf liest sie gerade in einem gewaltig großen Buch."

"Ja", sagte Herr Michel, "das war ihre Bibel. Gewöhnlich las sie stundenlang darin, wenn sie in ihrem Schaukelstuhl in der Küchenecke saß. Manche Leute sagten, dass sie zu viel Zeit damit verschwendete. Wenn aber dieselben Leute in Not waren, gingen sie schnurstracks zu ihr, um sich helfen zu lassen. Als ich im Anfang den Laden hier eröffnete, war dein Vater ein junger Mann und bewirtschaftete zusammen mit seinen Eltern den Hof und die alte Dame lebte bei ihnen. Sie waren wohlhabend damals; ja, das waren sie. Ich durfte in jenen Tagen nur die besten Lebensmittel zum Schwarzeneck-Hof schicken."

"Aber was geschah dann?", drängte Frank flüsternd.

"Nun, die Eltern deines Vaters fuhren eines Tages mit dem Einspänner aus und waren gerade im Wald an der höchsten Stelle über dem alten Steinbruch. Nach Meinung der Polizei muss das Pferd plötzlich durch ein Kaninchen oder irgendetwas anderes erschreckt worden sein. Jedenfalls scheute es, der Wagen kenterte und beide wurden hinab in den Steinbruch geschleudert.

Dein armer Vater! So ein junger Mann! ‚Nicht so schlimm', sagten wir alle, ‚er hat ja die alte Dame; sie wird ihn schon versorgen.' Und das tat sie auch! Sie stand von ihrem Schaukelstuhl auf, band ihre Schürze um und kochte, putzte und sorgte für ihn. Es war jedoch für ihre achtzig Jahre viel zu viel und innerhalb eines Jahres starb sie."

"Da war er wohl ganz allein?"

"Ja, ganz allein mit einem Hof, den er versorgen musste, und gerade war er erst fünfundzwanzig geworden. Wir alle rieten ihm, den Hof zu verkaufen, doch er wollte nicht und arbeitete mit Herrn Fuhrmann und Adalbert, dem alten Schelm, weiter. In einem Jahr verlor er alle seine Schweine durch die Schweinepest und im nächsten den größten Teil der Ernte durch Feuer. Ich weiß nicht, wie er es schaffte durchzukommen, denn es folgte ein Unglück auf das andere. Es wäre kein Wunder gewesen, wenn er auf die schiefe Bahn geraten und weggelaufen wäre wie dein Onkel Harry, das schwarze Schaf der Familie."

Herr Michel amüsierte sich köstlich, wie immer, wenn er eine traurige Geschichte erzählte.

"Wir waren natürlich alle froh, als wir sahen, dass er sich um deine Mutter bemühte. Er war damals ungefähr achtundzwanzig."

Dies war das Kernstück der Geschichte; hierauf schien Frank sein ganzes Leben lang gewartet zu haben. Er hielt den Atem an und dachte: "Wenn jetzt jemand in den Laden kommt ... Ich weiß nicht, was ich dann tue." Doch er raffte sich auf und fragte: "Wie sah sie aus?"

"Oh, sie hatte langes, goldenes Haar - von gleicher Farbe wie deines - das sie nie zurücksteckte oder mit einem Hut bedeckte. Sie war ein wildes Mädchen, lachte immer und freute sich jeder Minute ihres Lebens. Am allerglücklichsten aber war sie, wenn sie auf dem Rücken ihres Pferdes saß und wie toll durch die Gegend ritt. Sie hatte eine große, schwarze Bestie, genauso feurig wie sie - ich sagte von Anfang an, dieses Pferd sei gefährlich! Im Winter heirateten sie und du wurdest ein Jahr später geboren."

Ein langes, unbehagliches Schweigen folgte.

Schließlich sagte Frank ganz leise, mit einer Stimme, die ihm gar nicht zu gehören schien:

"Dann war ich wohl auch so ein Unglück?"

"Ja, Jungchen, das warst du. Manche meinten, es sei die Strafe für die Wildheit deiner Mutter, aber die Ärzte im Krankenhaus sagten, es sei nur einer der Fälle, die eben manchmal vorkommen. Zuerst dachten sie, du würdest nie sprechen oder deine Umwelt wahrnehmen können. Sei dankbar, Frank, dass du wenigstens im Kopf richtig bist, auch wenn dein Körper nicht so ist, wie er sein sollte. Doch, sei dankbar dafür!"

Frank erinnerte sich daran, wie er nach unten auf den großen Schuh mit der dicken Spezialsohle an seinem dünnen linken Bein geblickt hatte und auf seinen unbeholfenen linken Arm und die ungeschickte Hand. Bitter hatte er gefühlt, dass es nicht viel gab, wofür er dankbar sein konnte. Ein schrecklicher Gedanke hatte ihn durchzuckt.

"Sah es mein Vater nicht gern? ... Mich, meine ich?"

Herr Michel nahm sich noch einen Keks, um die Peinlichkeit der Frage zu verdecken.

"Weißt du, wenn ein Hof viele Jahre der eigenen Familie gehört bat, wünscht man sich natürlich einen kräftigen Sohn, der die Tradition fortführen kann; aber deine Mutter lachte deinen Vater aus seiner Traurigkeit heraus und sagte, sie würden noch viele andere Söhne haben. Du warst damals ein kleines, schwächliches Baby, nicht älter als ein paar Monate, und doch ritt sie Tag für Tag auf ihrem großen schwarzen Pferd aus.

Aber das hatte ein Ende. Wie ich mich an jenen schrecklichen Tag erinnere! Sie ritt auf dem Weg zu den Hügeln hier am Laden vorbei und winkte mir.

Ich sah sie nie mehr wieder. Sobald ich die Schreckensnachricht hörte, ging ich hinauf zum Hof." Herr Michel musste bei jeder Sensation dabei sein.

"Dr. Harder sagte, es wäre vielleicht noch Hoffnung vorhanden gewesen, wenn man sie sofort nach Dilfingen ins Krankenhaus gebracht hätte, aber man brachte sie nach Hause zum Hof, als man sie im Heidekraut liegen fand. Das Pferd blieb drei Tage lang verschwunden.

Damals saßen Adalbert und ich den ganzen Abend in der Küche und tranken Kaffee. Das war eine Nacht! Ich habe niemals einen solchen Sturm erlebt! Er tobte gegen die Mauern des Hauses und heulte im Schornstein."

Frank würde sich immer daran erinnern können, wie Herrn Michels Gesicht immer näher gerückt war, als er sich über den Ladentisch lehnte und jedes seiner eigenen Worte genoss.

"Ja, eine schreckliche Nacht war es. Schließlich knarrten oben die Dielen und Dr. Harder kam herab und ging gleich nach draußen. Nach einiger Zeit trat dein Vater langsam in die Küche, schloss die Tür und lehnte sich mit dem Rücken dagegen.

‚Es hat keinen Sinn', sagte er, ‚ich weiß jetzt sicher, dass Gott gegen mich ist. Einst habe ich ihn geliebt, jetzt hasse ich ihn. Ich werde ihn aus meinem Haus ausschließen und aus meinem Leben und aus dem Leben meines Sohnes. Ich will nichts mehr mit ihm zu tun haben. Dieses Haus ist verflucht.'

Dann schien etwas über ihn zu kommen. Er ging von Zimmer zu Zimmer und riss die Bibelsprüche von den Wänden ab, die deine Urgroßmutter dort aufgehängt hatte. Wenn er ein Zimmer verließ, schlug der Wind die Tür zu, dass das ganze Haus bebte. Dann nahm er die große Bibel der alten Dame vom Bücherbrett und verbrannte sie zusammen mit den Wandsprüchen in einem mächtigen Feuer im Hof. Als er es angezündet hatte, ging er ins Haus zurück und ließ uns draußen stehen. Der Wind schlug die Hintertür hinter ihm zu, als ob Gott wirklich damit für immer aus dem Hause ausgeschlossen worden sei."

"Und weiter?", flüsterte Frank.

"Nun, der Wind lenkte die Flammen des Feuers zur Scheune hin, und wenn wir nicht dagewesen wären und gelöscht hätten, hätte im Nu der ganze Hof in Flammen gestanden."

"Verbrannte die Bibel vollständig?"

"Nein, nicht ganz. Ich schlug Adalbert vor, ihr im Küchenfeuer den Rest zu geben, aber er sagte, er habe zu viel Respekt vor der alten Dame. So versteckte er sie irgendwo. Ich weiß nicht mehr wo und er sicher auch nicht."

Frank fröstelte und er schlug den Mantelkragen hoch; es war kalt im Apfelbaum. Was für ein Nachmittag war das gewesen und was für ein Ende hatte er gehabt! Der arme Herr Michel! Er erzählte gern Geschichten und trieb dabei die Spannung so auf den Höhepunkt, dass seine Zuhörer sich schüttelten, wenn sie den Laden verließen. An jenem Nachmittag aber war ihm seine Freude verdorben und sein Gefühl für das Dramatische zutiefst verletzt worden. Als er am Höhepunkt seiner Geschichte angelangt war, war er so in Erregung geraten, dass er zwei Kekse auf einmal verschluckte. Das Wasser schoss ihm in die Augen, sein Gesicht färbte sich rot und er musste halberstickt unter Husten und Niesen in sein Schlafzimmer hinter dem Laden flüchten. Frank hatte sich zwar geschüttelt, als er den Laden verließ, aber nicht vor Furcht, sondern vor Lachen, und er hatte noch auf dem ganzen Heimweg gelacht.

Ungeschickt stieg er vom Apfelbaum herunter und grinste, weil er an Herrn Michels tränende Augen denken musste. Doch er schwor sich auch, was er sich inzwischen schon tausendmal geschworen hatte: dass er die Bibel finden würde und wenn es ihn das Leben kosten sollte.

Kapitel 2

Der Hässliche aus dem Wald

Als Frank an einem rauen Winternachmittag die Tür fest hinter sich schloss, durchströmte ihn ein Gefühl der Wärme und des Wohlbehagens. Er blickte sich in der altmodischen Küche mit ihrem rotgekachelten Fußboden, ihrem stabilen Holztisch und dem großen, offenen Feuer um. Dies war sein Zuhause. Schwarzeneck mochte von außen rau und abstoßend wirken, aber sobald man in die Küche trat, fühlte man sich zu Hause.

Mühsam schälte er sich aus seinem Regenmantel, hängte ihn an einen der Haken, die die Männer seiner Familie durch Generationen hindurch benutzt hatten und grinste vor sich hin, als er Tante Hildes schwarzen Gummimantel neben dem seinen sah. Der Vater und er hatten nie darüber gesprochen, aber sie nahmen diesen Regenmantel niemals fort. Jedesmal, wenn sie ihn ansahen, freuten sie sich im Stillen darüber, dass Tante Hilde nie wiederkommen und ihn tragen würde.

Tante Hilde (eigentlich war sie niemandes richtige Tante) hatte nach dem Tod der Mutter Frank, seinen Vater und das Haus ‚unter ihre Obhut genommen' und Frank, der Vater und das Haus hatten diesen Schlag nie überwinden können. Vom frühen Morgen bis abends putzte sie alles und jeden und verbreitete unter Keifen und Schelten eine hektische Betriebsamkeit. Damals lebten sie prunkvoll in allen Räumen des Hauses - die Küche ausgenommen. Die durften sie nicht betreten, denn sie war Tante Hildes privates Königreich, in dem sie schreckliche Fischpasteten und Reispuddings kochte und Wäsche wusch, lange bevor sie schmutzig war.

Frank erinnerte sich des heftigen, prickelnden Zornes, der ihn eines Tages vor zwei Jahren gepackt hatte, als sie ihm wie gewöhnlich nach der Schule helfen wollte, Mantel und Schuhe auszuziehen.

"Ich bin vielleicht nicht sehr stark", hatte er zwischen den Zähnen hervorgestoßen, "aber ich bin kein Schwächling!"

Das hatte der Vater gehört und plötzlich war etwas in dem sonst so ruhigen Mann explodiert, denn er hatte mit der Faust auf den Tisch geschlagen und ihr vorgeworfen: "Genau das tust du! Du machst aus meinem Sohn einen hilflosen Invaliden und aus meinem Haus ein ... ein ... Reinlichkeitsmuseum." Und er hatte noch eine Menge anderer, höchst vergnüglicher Dinge zur Sprache gebracht, die Frank schon jahrelang gern gesagt hätte.

Am Abend war sie gegangen, aber erst, nachdem sie aus Rache eine gräulich Fischpastete für das Abendessen in den Ofen gestellt hatte.

Frank begann, den Tisch zu decken. Er gebrauchte seine gesunde rechte Hand, um die Ungeschicklichkeit der linken auszugleichen. Was für eine Wonne war seither ihr Leben gewesen! Er und der Vater hatten alle Zimmer im Haus abgeschlossen und lebten fröhlich zusammen in der Küche und den zwei Zimmern der Knechte darüber.

Frank füllte den Kessel und stellte ihn auf den Herd. Tante Hilde hätte ihn so etwas nie tun lassen. Es war herrlich, wie ein Mann und nicht wie ein Kleinkind behandelt zu werden! Er hockte sich vor den Ofen hin und schaute hinein und verlor vor Entzücken fast die Balance. Frau Fuhrmann hatte heute ein Kotelett und eine Nierenpastete dagelassen. Jeden Nachmittag ,schaute Frau Fuhrmann vorbei'; sie war sehr dick und hatte neun Kinder und keine

Zähne. Saubermachen hasste sie, aber dafür kochte sie ihnen immer etwas Leckeres zum Abendessen.

Plötzlich warf sich etwas gegen die Hintertür und mit einem Mal waren die zwei großen Schäferhunde und der Vater in der Küche. Die drei hatten großen Hunger mitgebracht und bald aßen alle stillvergnügt. Frank und sein Vater sprachen immer nur das Nötigste miteinander; sie freuten sich schweigend an der Gegenwart des anderen - Schwatzen war Frauensache. Glücklicherweise war keine Frau im Hause, die den Frieden eines Mannes mit kleinlichen Bemerkungen - etwa über Ellenbogen auf dem Tisch - hätte stören können. Unglücklicherweise war aber auch keine Frau zum Geschirrspülen da, doch das war bald erledigt. Der Vater richtete sich an einem Ende des Tisches mit der landwirtschaftlichen Abrechnung ein, während Frank am anderen Ende mit seinen Hausaufgaben saß. Die Hunde knurrten vor Wohlbehagen auf dem Kaminvorleger und der Feuerschein tauchte die friedlichen Wände der Küche in ein tiefes, sattes Rot.

Die Schule war etwas Schönes, wenn es nicht den Schulhof gäbe, dachte Frank, als er am nächsten Morgen durch den Wald ging. Wenn sie alle in dem einzigen großen Raum der Dorfschule hinter ihren Tischen saßen, dann gab es keine Unterschiede zwischen den einzelnen Schülern. Aber sobald die Pause oder die Mittagszeit begann und jemand vorschlug: "Lasst uns Kriegen spielen!", waren nicht mehr alle gleich. Dann machte es Frank nicht viel Spaß, dem Spiel den Rücken kehren zu müssen und so zu tun, als sei es ein größeres Vergnügen, in der Ecke mit Steinen auf eine Konservendose zu werfen.

Egal, dachte er, morgen ist Sonnabend.

Plötzlich raschelte neben ihm etwas zwischen den Bäumen. Mit einem Ruck hielt er an und drehte sich um. Ein böse dreinsehendes Wiesel huschte über den Weg und verschwand in Farn und Federgras; dann war alles wieder still. Es war wunderbar, durch den Wald zur Schule zu gehen, denn man wusste nie, was man als Nächstes zwischen den dunklen Baumreihen entdecken würde.

Der Wald war ausgedehnt und erstreckte sich über viele Morgen der Landschaft. Es war ein großes Geheimnis, wem er gehörte, denn außer dem Waldaufseher, der für den Wald und die Waldarbeiter verantwortlich war, wusste es niemand. So sehr man ihn auch fragte - er sagte nie, wer ihn bezahlte.

Frank liebte jede der hohen, schlanken Lärchen und der krummen Kiefern, aber manchmal war es auch unheimlich, allein im Wald zu sein. Jetzt hatte er ihn jedoch hinter sich gelassen und unter ihm lag das Dorf. Er konnte Herrn Michels Laden sehen, die Kirche und das Pfarrhaus; die Schule, umgeben vom Grau des Schulhofes und das weiße Golfhotel mit dem Golfplatz dahinter, der sich in der dunkelgrünen Mauer des Waldes verlor.

Hier war der Weg steil und Frank kam nur langsam vorwärts. Er war halb unten, als von hinten ein Lärm wie von einer durchgegangenen Rinderherde kam. Ärgerlich polterten Steine in alle Richtungen und unter ängstlichem Krächzen flatterten einige aufgeschreckte Krähen hoch. Um die Ecke kam in gestrecktem Galopp ein Riese von einem Jungen.

Seine großen, schwarzen Schuhe trommelten auf den Weg und seine Schulmappe flog wie ein Steuerruder hinter ihm her. Neben Frank kam er mit einem bewundernswerten Stemmbogen zum Stehen und grinste.

"Mann, ich dachte, ich käme wieder mal zu spät zur Schule", keuchte er. "Ich bin die halbe Nacht aufgeblieben und habe im Stall geholfen. Wir haben Lämmer bekommen."

Robert interessierte sich so leidenschaftlich für die Landwirtschaft, dass er kaum von etwas anderem reden konnte und immer mit einem dicken Buch über Ackerbau und Viehzucht zu Bett ging.

"Wenn ich nur so stark wäre wie Robert", dachte Frank, als sie zusammen weitergingen, "dann wäre mein Vater stolz auf mich."

Fröhlich plauderte Robert weiter über seine Lammzwillinge, bis sie das Golfhotel erreichten, wo Horst auf sie wartete. Seinem Vater gehörte das kleine Lokal; wenn man allerdings Horst reden hörte, konnte man meinen, er wohne im Grand Hotel der Hauptstadt. Doch er wohnte nun einmal in dem kleinen Haus, wo die unglücklichen Gäste die ‚Kochkunst' seiner Mutter und die langweiligen ‚lustigen Geschichten' seines Vaters ertragen mussten.

An diesem Morgen trug Horst eine funkelnagelneue Jacke und als er wartend dastand, rückte er sie mehrmals zurecht, um sie auch genügend zur Geltung zu bringen.

"Hallo, ihr beiden", sagte er herablassend wie ein König zu zwei Landstreichern. "Wisst ihr, was ich morgen früh tun werde?"

"Frühstücken?", fragte Frank mürrisch.

Horst warf ihm einen vernichtenden Blick zu.

"Nein, natürlich nach dem Frühstück. Ich soll der Balljunge für Baron von Kolben sein, wenn er mit dem Golflehrer Golf spielt. Man hat ihm erzählt, ich sei der beste Golfjunge im Bezirk. Er wohnt bei uns, müsst ihr wissen." Er sagte das so, als seien Adlige bei ihm zu Hause eine Selbstverständlichkeit.

Auf dem weiteren Schulweg redete Robert auf Franks einer Seite über seinen Hof und auf der anderen prahlte Horst mit seiner eigenen Tüchtigkeit. In der Mitte ging Frank und wünschte, dass er sich den anderen gegenüber nicht so klein vorkäme.

Es war in der letzten Unterrichtsstunde am Nachmittag und die drei obersten Klassen hatten Geschichte. Die Schule bestand aus achtundzwanzig Kindern und nur einer Lehrerin. Sie arbeiteten alle zusammen in einem Raum, doch jede Klasse saß in einer eigenen Reihe. Frank saß hinten in der obersten Klasse mit Robert, Horst und den anderen. Sie mussten viel lernen dort, denn Fräulein Klaar, die Lehrerin, sagte oft: "Wir möchten, dass ihr alle nach Dilfingen zur Höheren Schule gebt", und dabei klingelten ihre vielen silbernen Armreifen.

Jedesmal, wenn sie das sagte, beobachtete Frank, wie ihr Blick verächtlich auf Sebastian fiel. Frank saß neben ihm und fand wie alle anderen, dass er ein ziemlicher Dummkopf war, aber trotzdem hatte er ihn irgendwie gern. Sebastian hatte abstehende Ohren und trug immer weite, flatternde Cordhosen und Turnschuhe. Er saß jetzt gerade mit offenem Munde da und dachte an überhaupt nichts. Robert saß an Franks anderer Seite und war damit beschäftigt, auf die Rückseite seines Geschichtsbuches den Plan eines neuartigen Desinfektionsbades für Schafe zu zeichnen.

Plötzlich wurde in der letzten Reihe ein Zettel von Horst durchgegeben. "Kommt nach der Schule alle mit zu Herrn Michel zum Essen", stand darauf. Nun hatte nie jemand außer Horst am Freitag noch Taschengeld, aber alle taten immer das, was Horst wollte, weil das am bequemsten war.

Alle aus der obersten Klasse gingen zusammen die Straße entlang: Robert, Sebastian, Frank, Horst und die Ferguson-Zwillinge, die Töchter des Waldaufsehers. Die Zwillinge sahen einander sehr ähnlich, waren aber ganz verschieden. Ihre Mutter kleidete sie stets genau gleich, aber Sybille sah in ihren Kleidern so adrett wie ein Mannequin aus, während Heide immer einer Vogelscheuche ähnelte.

Heide war immer von allem, was sie gerade taten, hell begeistert. "Los, kommt!", rief sie den anderen zu. "Vielleicht bekommen wir heute eine gute Geschichte aus ihm heraus."

Mit fliegenden Zöpfen stürmte sie davon und kam als Erste am Laden an. Sie rannte die zwei Stufen hinauf und wollte gerade hineingehen, als sie wie angewurzelt stehenblieb und durch das Glasfenster in der Tür starrte. Etwas in ihrem Benehmen ließ auch die anderen auf der Stelle anhalten.

"Schnell!", zischte sie ihnen zu. "Hinter das Haus! Es ist der Hässliche aus dem Wald und er kommt gerade heraus."

Alle verschwanden hinter dem Laden, bis auf Frank, der nicht flink genug war und deshalb fast mit dem zerlumpten, alten Landstreicher zusammenstieß, von dem die meisten Leute sagten, er sei der hässlichste Mensch der Welt.

Sie kauerten sich alle zusammen und beobachteten ihn, wie er mit seinem Sack voller Lebensmittel dem Wald entgegenhumpelte.

Heide atmete auf. "Meine Güte! Wäre es nicht schrecklich, ihm allein im Wald zu begegnen?" Mit zitternden Knien drängten sie sich alle in den Laden.

"Habt ihr diesen Burschen gesehen?", fragte Herr Michel und griff tief ins Kühlfach, um Horsts Eiscreme zu holen. "Mir stehen immer die Haare zu Berge, wenn er in den Laden kommt."

Da Herr Michel gar keine Haare mehr hatte, glaubte ihm

das niemand, aber sie sahen ihn alle mit großen Augen an, als er sich über den Ladentisch beugte und sagte: "Hannes Lämmerich, der alte Förster, war gestern hier und erzählte mir, dass er an seiner Wohnung im Wald vorbeigegangen sei - es ist nur ein Wohnwagen mit einem Zaun drum herum - aber wisst ihr, was er da hörte?"

"Was?", flüsterten alle und Frank war sicher, dass seine Haare jetzt so zu Berge standen, wie Herr Michel es von seinen behauptet hatte.

"Ja, wisst ihr, was er hinter dem hohen Zaun hörte? Schreckliche Geräusche - Schläge und Gequieke und seltsame, schnatternde Laute."

"Was meinen Sie bloß, was er hinter seinem Zaun hat?", fragte Sebastian, dessen große Ohren vor Aufregung purpurrot geworden waren.

"Das kann niemand sagen", erwiderte Herr Michel düster, "weil der Zaun zum Hinüberschauen zu hoch ist. Aber eins weiß ich sicher - er führt nichts Gutes im Schilde. Mein Vetter hat in Dilfingen am Bahnhof ein Geschäft und er sieht ihn oft zum Bahnhof gehen, mit einer Schubkarre voll kleiner, hölzerner Kästen.

Die schickt er mit dem Zug weg und ein paar Tage später kommen sie wieder zurück. Aber wo diese Holzkästen dann gewesen sind und was sie enthalten, wage ich nicht auszudenken!"

Die unbefriedigte Neugier setzte Herrn Michel so zu, dass er selbst ein Eis essen musste. Da er jetzt zu sehr damit beschäftigt war, über dem dunklen Geheimnis zu brüten, verließ ihn die Gruppe.

"Meine Güte", sagte Heide, als sie draußen waren, "ich

würde alles darum geben, wenn ich wüsste, was hinter dem Zaun ist."

"Ich auch", bekräftigte Sebastian, "aber keiner von uns würde wagen, auch nur einen Blick hinüberzuwerfen."

"Na, das weiß ich aber noch nicht", prahlte Horst überlegen. "Ich mache mir nichts daraus; es wäre ganz einfach: Nur leise anschleichen, eine Leiter anstellen und im Handumdrehen hat man alles gesehen. Nein, ich hätte überhaupt keine Angst."

"Warum tust du es dann nicht morgen?", schlug Sebastian begeistert vor. "Wir kommen alle mit."

"Oh ja", fügte Heide hinzu, "und wir machen Picknick im Wald; wir werden schon nicht frieren."

"Ich ... äh ... ach ja, ich habe morgen zu tun. Ich muss Golfjunge spielen", antwortete Horst, froh, eine Entschuldigung zu haben.

"Aber das ist doch nur morgens", sagte Robert.

"Ich habe auch keine Leiter." Horst suchte verzweifelt nach einer Ausrede.

"Oh, wir haben eine von diesen neuen, leichten Klappleitern", bot ihm Robert stolz an. "Mein Vater gibt sie mir bestimmt."

Horst wusste, dass er in die Enge getrieben war.

"Na gut", sagte er verdrießlich, "aber macht mir keine Vorwürfe, wenn wir totgeschossen oder von gräulichen quiekenden und schnatternden Viechern aufgefressen werden."

Kapitel 3

Jetzt habe ich dich

Am nächsten Tag gingen sie nach dem Mittagessen los. Die Wintersonne schien vom Himmel. Gewöhnlich hielt sich Frank beim Spielen von den anderen fern, denn er hasste es, wenn sie auf ihn warten und ihm über Tore und Mauern helfen mussten. Heute aber dachte er nicht daran, denn er brannte vor Neugierde.

Robert trug die Leiter und einen großen Brotbeutel, in den jeder sein Essen für das Picknick gepackt hatte. Er war so stark, dass er das Doppelte hätte tragen können, ohne dass es ihm etwas ausgemacht hätte.

Sie drangen in die beklemmende Dunkelheit des Waldes ein und bald schon hatte sie seine unheimliche Stille verschlungen.

"Am besten nehmen wir den Weg über den ‚Bodenlosen Teich'", sagte Horst. Heute Nachmittag war er glänzender Laune, weil Baron von Kolben ihm fünf Mark statt der üblichen drei Mark gegeben hatte. So beschloss er, Sebastian ein wenig auf den Arm zu nehmen.

"Sebastian", sagte er, "weißt du eigentlich, was mit dem ‚Bodenlosen Teich' los ist?"

"Nein", antwortete Sebastian und starrte Horst geistlos mit offenem Munde an.

"Soll das heißen, dass dich dein Vater nie davor gewarnt hat?"

"Nein, warum denn?"

"Dann hast du wohl auch noch nie von dem Ungeheuer gehört?"

Alle anderen verkniffen sich mühsam das Lachen. Der arme Sebastian glaubte aber auch alles, was man ihm erzählte und biss herrlich auf jeden Köder an.

"Hör mal, Sebastian", fuhr Horst fort, "du kennst doch das Ungeheuer vom Loch Ness? Na, das ist nur eine winzige Kaulquappe im Vergleich zu diesem Biest. Und das Schlimmste ist: Dieses Ungeheuer soll Menschen bei lebendigem Leibe auffressen."

"Meint ihr nicht, wir sollten den anderen Weg gehen?", sagte Sebastian ängstlich und bekam ganz rote Ohren.

"Vielleicht wäre es besser", stimmte Horst zu, "aber weil ich dich gut leiden kann, Sebastian, werde ich dich in das Geheimnis des Ungeheuers einweihen.

Du brauchst ihm nur einmal etwas zu essen zu geben. Weil es dich wie ein Elefant aus Dankbarkeit dann nie wieder vergisst, bist du dein ganzes Leben lang vor ihm sicher. An deiner Stelle würde ich ihm mein Picknickpaket opfern."

Auf Sebastians Gesicht malte sich Bestürzung. "Aber darin ist Obsttorte", sagte er kläglich.

"Mein lieber Sebastian", sagte Horst mit ernster Miene, "was ist ein Stück Obsttorte, verglichen mit deinem Leben?"

Inzwischen waren sie am Teich angekommen. Heide presste sich gegen einen Baum, um ihr Kichern zu ersticken, und Robert schien einen Hustenanfall zu haben. Langsam griff der betrübte Sebastian nach dem Brotbeutel und schlich allein zum Ufer des Sees. Man hörte ein Platschen und mit erleichtertem Gesicht kam er zurück.

"So war es das Beste", sagte er, "ich bin dir sehr dankbar, Horst; und weil eine Hand die andere wäscht, habe ich dein Paket auch in den Teich geworfen."

"Was hast du gemacht?", schrie Horst. Er dachte an den Inhalt des Paketes, den er so liebte: Käsebrot mit Gurken.

"Ich habe dein Paket auch hineingeworfen, damit du genauso sicher bist wie ich. Bist du nicht froh darüber?"

Horst stürzte auf ihn los und wäre er nicht über die Leiter gestolpert, hätte Sebastian wohl bald neben seinem Picknickpaket im Teich gelegen.

So aber machten sie sich wieder auf den Weg und Horst rieb sich seine Nase, an die er sich beim Fallen gestoßen hatte. Der Wald wurde immer dunkler und unheimlicher.

"Wir wollen lieber ganz leise sprechen", flüsterte Heide. "Bald sind wir da."

Sehr bald erreichten sie die Lichtung, wo der alte Mann hinter seinem Zaun lebte. Niemand konnte sich erklären, warum ihn der Waldaufseher dort wohnen ließ, und Herr Michel sagte, das sei eine Schande.

Geräuschlos schlichen sich alle an den Zaun heran - geräuschlos bis auf Sebastian, unter dessen großen Füßen die Zweige immer am lautesten zu knacken schienen. Der große Augenblick war da. Die Leiter wurde auseinander geklappt und an den Zaun gestellt; allen schlug das Herz bis zum Hals, und sie wünschten, sie wären nie hierher gekommen.

"Los, rauf mit dir, Horst", flüsterte Sebastian, taktlos wie immer.

"Oh", murmelte Horst mir rauer Kehle, "habe ich vergessen, euch das zu erzählen? Doktor Harder sagt, dass ich nie auf eine Leiter steigen darf. Ich leide an Verti- ... äh ... an Verti-soundso."

"Aber gestern warst du doch noch ganz in Ordnung, oder?", flüsterte Heide besorgt zurück.

"Oh, das fing ganz plötzlich heute morgen an", sagte Horst und versuchte, so krank wie möglich auszusehen.

Niedergeschlagen zogen sich alle auf Zehenspitzen in den Schutz der Bäume zurück, um Kriegsrat zu halten.

"Also, ich habe viel zu viel Angst", bekannte Robert und setzte sich zur Bekräftigung auf einen Baumstumpf.

"Sebastian hinzuschicken, hat keinen Zweck", stellte Horst fest. "Er ist zu dumm, er kann uns später nicht erzählen, was er auf der anderen Seite des Zaunes gesehen hat."

"Ich kann nicht auf diese staubige Leiter steigen; ich könnte meinen neuen Rock beschmutzen", zierte sich Sybille.

"Ich gehe", sagte Frank in das nun folgende Schweigen hinein.

"Du?", fragten alle auf einmal und starrten Frank überrascht an. "Kannst du denn überhaupt auf einer Leiter hochsteigen?"

Dessen war sich Frank gar nicht so sicher, aber ganz gelassen sagte er: "Selbstverständlich" und ging wieder zum Zaun zurück. Immer hatte er Angst, von ihnen als Jammerlappen angesehen zu werden. Hier war endlich eine Gelegenheit, das Gegenteil zu beweisen.

"Wenn ich bloß nicht auf halbem Weg stecken bleibe und mich blamiere", dachte er

Als sie bei der Leiter ankamen, hielt sie Sebastian unten fest, und Frank nahm die ersten paar Sprossen sehr langsam. Es ist sehr schwierig, eine Leiter zu besteigen, wenn man praktisch nur ein gesundes Bein hat, aber nach vielem Keuchen und Kämpfen war Frank oben. Sein rechtes Bein schwang er über den Zaun, denn rittlings sitzend konnte er die Balance besser halten. Bevor er jedoch Gelegenheit hatte, irgendetwas zu sehen, kam das Unglück in Gestalt von Sebastian. Der war nämlich so aufgeregt, dass er auf und nieder hüpfte, und dabei stieß er mit einem seiner großen Füße gegen die Leiter. Plötzlich schienen sich die Ereignisse zu überstürzen. Die Leiter fiel nach der Seite um, und Frank musste sich an die Oberkante des Zaunes klammern. Ein lauter, zorniger Ausruf kam von irgendwo unter ihm und er konnte gerade noch seine Freunde unter den Schutz der Bäume flüchten sehen. Sebastian fiel dabei natürlich über eine Baumwurzel und schrie wie am Spieße.

Plötzlich kam die Erde auf Frank zu. Immer näher kam sie, dann traf ihn etwas an der Schulter und er lag ganz still da.

Zuerst wusste er nicht, ob er tot oder lebendig sei, denn er schien irgendwo in der Luft zu schweben. Um ihn wogte alles wie Seegras im Meer. Schließlich nahm er einige ziemlich ungewaschene Zehen wahr, die neugierig aus noch schmutzigeren Schuhen hervorlugten. Über den Zehen sah man entsetzlich zerlumpte Hosen und ganz oben das Gesicht des hässlichsten Mannes der Welt.

"Jetzt hab' ich dich!", sagte er mit einer Stimme, die wie das Krächzen eines Raben klang.

Frank musste schlucken und versuchte, auf die Füße zu kommen. Das Tor im Zaun lag direkt vor ihm.

"Entschuldigen Sie die Störung", sagte er. "Ich gehe gleich wieder."

"Du hast dich am Bein verletzt", stellte der Mann ohne Mitgefühl fest.

"Oh nein", beeilte sich Frank zu sagen. "Das ist angeboren."

"Komm mit in meinen Wohnwagen und trink eine Tasse Kaffee." Es war mehr ein Befehl als eine Einladung.

"Oh nein, vielen Dank; ich muss mich auf den Weg machen." Frank war verzweifelt.

"Ich sagte, komm mit in den Wohnwagen und trink eine Tasse Kaffee."

Diesmal gab es keine Widerrede und so folgte ihm Frank nach drinnen. Als ihn später die anderen fragten, wie das Innere des Wohnwagens ausgesehen habe, konnte er sich an nichts mehr erinnern, nur an die Dunkelheit und die vielen Pokale. Sie standen auf dem Tisch, auf Bücherbrettern und auf dem Fußboden. Einige waren sehr groß, andere wieder klein.

Der Mann stieß ihn auf eine Bank und begann, aus einem großen schwarzen Kessel den Kaffee in Emaillebecher zu gießen. Er fügte Dosenmilch hinzu und Zucker aus einem Paket und rührte schließlich alles mit einer Zahnbürste um.

Frank beobachtete ihn wie ein Kaninchen das Wiesel. War es überhaupt möglich, dass jemand so hässlich war? Es lag an der Nase. Sie war fast schwarz und breitete sich in allen möglichen Richtungen über das Gesicht aus. Der Alte besaß nur noch drei Zähne und die waren gelb wie die eines alten Hundes. Man konnte außerdem nicht ausmachen, wo das strähnige Haar aufhörte und der Bart begann.

"Ich bin hässlich, nicht wahr?" Die barsche Stimme durchkreuzte Franks Gedanken wie ein Keulenhieb.

"... Ich ... äh ... ich meinte nicht ...", stammelte er.

"Gerade darum wohne ich hier, weit weg von allen Menschen. Ich kann es nicht ausstehen, wenn man mich anstarrt." Wehmütig starrte er in seinen Kaffeebecher. "Ich habe mein ganzes Leben lang im Wald gearbeitet - vor allem in Kanada - und versucht, vor den Menschen zu fliehen. Vor zwanzig Jahren, als ich mich zur Ruhe setzte, kam ich dann hierher. Ich wollte mich ihnen für immer entziehen und ich kann das Angestarrtwerden noch immer nicht ertragen."

Plötzlich empfand Frank in seinem Inneren etwas für diesen Mann und einen Augenblick lang vergaß er seine Furcht.

"Wissen Sie, genauso geht es mir manchmal", sagte er lebhaft. "Ich bin nämlich gelähmt."

"So", sagte der Mann und stand schnell auf und spülte seinen Becher in einer Schüssel mit kaltem Wasser ab. Dann drehte er sich plötzlich heftig zu Frank um und schwenkte die tropfnasse Tasse in der Luft.

"Junge!", polterte er heiser, "du darfst niemals Angst vor den Leuten haben oder du wirst dein Leben ruinieren. Du hast dich widerrechtlich auf mein Grundstück gewagt und so wirst du mir jetzt einmal zuhören." An die Wand des Wohnwagens gedrängt, hatte Frank gar keine andere Wahl. Der zerbeulte Becher wedelte keine fünf Zentimeter vor seiner Nase hin und her.

"Bei den Leuten ist Angriff die beste Verteidigung", bellte der alte Mann. "Wenn du dich wegen deines Aussehens unglücklich fühlst, dann denke daran, dass sie sich auch nicht wohl in ihrer Haut fühlen. Vielleicht sind sie dick, oder sie schielen, oder sie sind vielleicht nicht klug, oder vielleicht haben sie sogar eine solche Nase wie ich."

Seine Stimme wurde immer lauter. "Schau ihnen gerade ins Gesicht und denke daran, dass sie sich alle wegen irgendeiner Sache albern vorkommen."

Plötzlich sank er auf dem Stuhl in sich zusammen und bedeckte die Augen mit der Hand.

"Das alles hat mir einmal jemand gesagt und ich habe mein ganzes Leben lang versucht, danach zu handeln, aber ich habe es niemals geschafft. Denk daran, Junge, oder du wirst ein alter, einsamer Mann wie ich."

Dann nahm er die Hand von den Augen und sagte in einem ganz anderen Tonfall: "Möchtest du gerne einen Champion haben?"

Nun war das Einzige, was Franks gequälter Geist im Augenblick unter einem Champion verstand, ein Boxchampion, und er fragte sich leise, was Vater wohl sagen würde, wenn er einen mit nach Hause brächte.

"Komm mit", befahl der alte Mann, "und ich werde dir etwas zur Erinnerung an den heutigen Tag schenken."

Frank folgte ihm mit einem bitteren inneren Lachen. Er brauchte wirklich nichts zur Erinnerung: diesen Alptraum würde er nie vergessen.

Sie traten aus dem Wohnwagen und gingen nach unten. Für kurze Zeit hatte Frank den Eindruck, in einer großen Stadt zu sein, mit Häuserblocks auf neiden Seiten. Doch dann wurde ihm bewusst, dass es keine Häuser waren, sondern Käfige. Sie waren in Reihen längs des Zaunes und an der Rückseite des Wohnwagens übereinander gestellt und die Großstadtstraße war ein Gang zwischen den Käfigen.

In ihnen tummelten sich Meerschweinchen aller Größen, die alle an dem Drahtgeflecht der Vorderseite ihrer Käfige hochkletterten, als sie den alten Mann sahen. Jedes quiekte zur Begrüßung - es war ein Heidenlärm.

"Das hat der alte Hannes Lämmerich gehört", dachte Frank.

"Dies sind einige der berühmtesten Meerschweinchen des Landes", erklärte der Mann stolz, "keine gewöhnlichen Meerschweinchen. Ich schicke sie zu großen Ausstellungen überall im Land. Sie haben all die silbernen Pokale drinnen im Wohnwagen gewonnen. Ich habe mit ihnen mehr Preise gewonnen als jeder andere Züchter im ganzen Land."

"Aber wie kommen sie in die Ausstellungen, wenn Sie nicht mitfahren?"

"Oh, Züchter wie ich können nicht mit ihren Tieren durch das ganze Land ziehen. Nein, wir stecken sie in kleine, hölzerne Transportkisten - wie diese hier - und schicken sie mit dem Zug. Die Verantwortlichen für die Ausstellung bringen sie dann zusammen."

"Aber macht das den Meerschweinchen nichts aus?"

"Nein, nicht im Geringsten! Ich glaube, sie haben sogar Spaß daran. Bevor sie verreisen, gebe ich ihnen eine große Portion ihres Lieblingsfressens. Wenn sie zurückkommen - und alle Preise gewonnen haben - bekommen sie ein in Milch verquirltes Ei. Ich glaube, sie sind selbst stolz auf sich. Wahrscheinlich wissen sie, dass sie Champions sind."

Liebevoll betrachtete er seine kleine Stadt. "Ihnen macht meine Hässlichkeit nichts aus", sagte er und öffnete die Tür eines großen Käfigs. "Dies ist ‚Der Kaiser'", fügte er stolz hinzu, "der Urgroßvater des ganzen Geschlechtes. Er ist dreifacher Champion. Sieh dir einmal diese Zeichnung an: weiß, gelbbraun und schwarz. Schau diese regelmäßigen Quadrate, die in einer Reihe auf dem Rücken zusammenlaufen, und sieh dir diese edle römische Nase an und die wohlgeformten Ohren. Einzigartig ist er, einfach einzigartig!"

Die anderen Meerschweinchen in den übrigen Käfigen waren von derselben Farbe und Zeichnung, aber das stolzeste Tier war zweifellos ‚Der Kaiser'.

"Ich züchte natürlich eine ganze Menge Meerschweinchen, aber ich behalte nur die Allerbesten. Die Jungtiere, die irgendwelche Fehler haben, verschicke ich an Zoohandlungen überall im Land. Ich selbst halte mir nur ein paar der schönsten für Ausstellungen und zur Zucht. Schau mal, hier!" Er öffnete einen anderen Käfig mit sechs entzückenden Jungtieren darin. Sie waren nicht größer als Mäuse.

"Siehst du das Weibchen da, das sich am Ohr kratzt? Das wird eines Tages ein Champion, aber der Rest, nun ..." Sie gingen weiter die Reihe entlang.

Plötzlich merkte Frank, wie ihn zwei schläfrige, braune Augen ansahen. Eine rosa Nase schnupperte ihm entgegen und sofort wusste er, dass er sein ganzes Herz verloren hatte.

"Oh, wie heißt dieses?", fragte er.

"Das ist Peter, ein Enkel des ‚Kaisers'; er hat letzte Woche seine erste Ausstellung gewonnen. Du kannst ihn haben."

"Haben?", wiederholte Frank ungläubig. "Richtig behalten?"

"Ich habe dir doch gesagt, ich wollte dir etwas zur Erinnerung an den heutigen Tag schenken!", brummte der Mann mürrisch. "Hier, du kannst ihn in diesem alten Käfig mitnehmen. Gib ihm nur jeden Tag ein bisschen Kleie und gemahlenen Hafer und im Frühling viel Grünzeug, besonders Gras. Du wirst viel Freude an ihm haben, dem Guten."

Während er den Kasten wie einen Rucksack auf Franks Rücken schnallte, fragte er: "Wie heißt du, Junge?" Als Frank seinen Namen nannte, trat eine Überraschungspause ein. Der alte Mann trat mit einem Ausdruck des Schreckens zum Zaun zurück. "Du bist also einer von den Schäfers aus Schwarzeneck", sagte er mit fremdartiger, gepressten Stimme. "Dann mach dich am besten ganz schnell aus dem Staube und komm nie wieder in meine Nähe!" Im nächsten Augenblick befand sich Frank draußen und das Tor im Zaun schlug krachend zu.

Kapitel 4

Eine aufregende Entdeckung

"Komm, Peter; ich habe saftigen Kohl für dich."

Frank steckte das Stück Kohl durch die Gitterstäbe und Peter kam hungrig herbei. Er fraß immer ganz vorn im Käfig, und während seine braunen Augen dankbar auf Frank gerichtet waren, bearbeitete er das Futter mit seinen scharfen Vorderzähnen.

Er hatte sich sehr schnell in seinem Käfig eingelebt. Frank hatte ihn in den kleinen Holzschuppen gestellt, den man den ‚Geschirrstall' nannte und der schon lange nicht mehr benutzt wurde. Zuletzt hatte die Mutter in ihm ihr großes schwarzes Pferd gesattelt. Das war vor elf Jahren gewesen, doch der Schuppen war noch voller Sättel und Geschirr, das herrlich nach Leder und Pferden und Leinsamenöl roch.

Frank saß auf einem umgestülpten Holzkübel und sah Peter beim Fressen zu. Es war ein Sonntagnachmittag und er hatte sonst nichts zu tun. Der Samstag war so schrecklich aufregend für ihn gewesen, dass sich als Nachwirkung heute Mattigkeit und Lustlosigkeit einstellten.

"Was für ein langer, magerer, schrecklicher Tag der Sonntag doch ist", sagte er laut vor sich hin, "und jetzt fängt es auch noch an zu regnen."

Sonntage zogen sich für Frank immer entsetzlich in die Länge und zur Langeweile kam ein chronischer Hunger. Frau Fuhrmann kam nie an Wochenenden und der Vater lag meistens den ganzen Tag über im Bett. Nur mittags stand er einmal auf, um eine Konservendose für das Essen zu öffnen. Das übliche Gericht waren dann gekochte Bohnen und abends gab es trockene Brötchen mit Marmelade.

Ja, der Sonntag war ein langer, hungriger Tag.

"Alle anderen sind wohl jetzt in der Sonntagsschule", dachte Frank. "Bestimmt lernen sie da, was es mit Gott auf sich hat, die Glücklichen!", fügte er unter einem Seufzer hinzu.

Gott war für Frank ein großes Geheimnis, denn ein ganzes Leben lang hatte er nie Gelegenheit gehabt, etwas über ihn zu erfahren. Gut konnte er sich noch daran erinnern, wie Vater zu Tante Hilde gesagt hatte: "Eins merk dir, Hilde! Ich will nicht, dass dem Jungen irgendetwas über Gott beigebracht wird."

Frank hatte sich damals auf den Beginn der Schule gefreut, nur weil er hoffte, dort etwas von Gott zu hören; doch der Vater hatte ihn am ersten Schultag selbst mit dem Wagen in das Dorf gefahren und eine lange Unterredung mit Fräulein Klaar, der Lehrerin, gehabt, die im Stillen seine Ansichten über Gott teilte. So musste Frank während der morgendlichen Schulandacht immer in der Garderobe ein Buch lesen. Wie sehr er sich auch anstrengte, konnte er doch nie ein Wort von dem verstehen, was auf der anderen Seite der gut schließenden Tür gesagt wurde.

Im Laufe der Zeit war seine Neugier nur noch gewachsen, bis er eines Tages Adalbert gefragt hatte: "Ist Gott ein Ding oder eine Person?"

Adalbert hatte sich an der kahlen Stelle seines Kopfes gekratzt und gesagt, richtig wüsste er das auch nicht. "Aber", hatte er hinzugefügt, "einige Leute hier zu Lande sagen, dass der Zorn Gottes auf deinen Vater fallen wird, weil er dich in ‚Unwissenheit' aufwachsen lässt." Adalbert liebte es, Worte umzukehren: "Doch der Zorn deines Vaters wird auf mich fallen, wenn ich dir noch mehr erzähle. Deshalb mache dich fort und denk an was anderes."

Frank hatte versucht, ‚an was anderes zu denken', aber dieses seltsame Etwas namens ‚Gott' faszinierte ihn. Eines Tages war er in die Bücherei in Dilfingen - der nächsten Stadt - gegangen und hatte in staubigen Regalen Bücher gewälzt. Dabei hatte er einiges über Archäologie gelesen, eine Menge über Korbmacherei, aber nicht das Geringste über Gott. Schließlich hatte er eines Tages seine Schüchternheit überwunden und Sybille gefragt. Sie hatte ihn unsagbar verächtlich angeschaut wie eben nur Sybille einen ansehen konnte - und gesagt: "Also Frank, wenn du so etwas noch nicht einmal weißt, dann werde ich es dir auch nicht erzählen."

Mit Heide war es ihm kaum besser ergangen, denn als er sie fragte, hatte sie gerade wieder einen ihrer Kicheranfälle.

Nach diesen Erfahrungen war er zu befangen, im noch jemand anders in der Schule zu fragen. Dafür ging er eines Nachmittags vor dem Pfarrhaus auf und ab und versuchte, all seinen Mut zusammenzunehmen und den Pfarrer zu fragen. Aber der war schon sehr alt und sehr taub, und Frank brachte es einfach nicht fertig, seine Fragen in das große, altertümliche Hörrohr zu schreien. So war er nach Hause zum Abendessen gegangen und nun stand er da, elf Jahre alt und noch immer von Neugierde geplagt.

Es war unerträglich kalt. "Ich glaube, ich gehe besser hinein an den Kamin", sagte er zu Peter, der sich behaglich zu einer Kugel zusammengerollt hatte und ihn gar nicht beachtete. "Na, dann Gute Nacht", murmelte Frank, ziemlich enttäuscht von Peters Unaufmerksamkeit; aber Peter kuschelte sich noch enger zusammen und knurrte zufrieden.

Mit hochgeschlagenem Kragen eilte Frank über den Hof. Er musste gegen den unbarmherzigen Märzwind ankämpfen, der von den kahlen, felsigen Höhen oberhalb des Hofes herabheulte. Als er am Holzstall vorbeilief, erinnerte er sich daran, dass der Vater ihn gebeten hatte, ein paar Holzscheite mitzubringen. Schnell schlüpfte er hinein und sogleich umgab ihn der angenehme Geruch abgelagerten Holzes.

Adalbert hackte immer nur dann Holz, wenn er bei schlechter Laune war, deshalb war der Schuppen gewöhnlich mit Holz voll gepfropft. Doch seit der Vater ihm eine Lohnerhöhung gegeben hatte, war er schon monatelang in glänzender Stimmung, und der Schuppen war an diesem Nachmittag nahezu leer.

Frank stolperte träge herum und suchte Holz zusammen, als er plötzlich in dem ehemals großen Holzhaufen etwas entdeckte, was bestimmt kein Holzscheit war. Er kauerte sich nieder und fing an, einen alten Sack hervorzuzerren, der irgendetwas Großes, Viereckiges enthielt.

"Es ist eine Art Kiste!", flüsterte er, plötzlich atemlos vor Erregung. "Vielleicht ist es ein verborgener Schatz und wir können in den Ferien einmal ins Ausland fahren oder uns sogar ein Rennauto kaufen."

Heftig riss er an dem Sacktuch, aber es war alt und steif und verschimmelt. "Was um alles in der Welt ist hier drin? Es ist ganz schön schwer - vielleicht sind es Goldmünzen oder große, wertvolle Edelsteine." Schließlich gab der Sack nach und der schwere Inhalt schlug dumpf auf dem Boden auf. Zuerst durchfuhr Frank schmerzhafte Enttäuschung. "Es ist bloß ein altes, verkohltes Buch", sagte er sich. "Aber wo habe ich es schon einmal gesehen?" Auf einmal verwandelte sich Franks Enttäuschung in unbeschreibliche Aufregung. Er vergaß Schätze und Rennwagen, er vergaß Hunger und Kälte; er hatte das gefunden, wonach er seit Monaten gesucht hatte - das Buch, das seit jener schrecklichen, stürmischen Nacht, in der sein Vater Gott aus seinem Leben ausgeschlossen hatte, hier versteckt gelegen hatte. Das Aussehen des Buches hatte sich traurig verändert, doch Frank erkannte es von dem Bild im Wohnzimmer her sofort wieder. Da war der metallene Einband, da waren die Schnallen - es war unzweifelhaft Urgroßmutters lange verloren geglaubte Bibel.

Eine volle Minute saß er auf dem Holz und starrte sie an. Jetzt, nachdem er sie gefunden hatte, war er zu ängstlich, sie zu berühren; sie hätte ja durch einen Zauber verschwinden können. Doch dann öffnete er ganz langsam den schwarzen Deckel und entdeckte ein Bild. Es war eine sorgfältig hineingeklebte Fotografie seiner Urgroßmutter als junges Mädchen mit langem, schwarzen Haar. Darunter hatte sie in ihrer altmodischen Handschrift ihren Namen geschrieben und auf dieselbe Seite außerdem etwas sehr Seltsames:

> Jakobus 4, Vers 8:
> Nahet euch zu Gott,
> so naht er sich zu euch.

Was sollte das heißen: "Jakobus 4, Vers 8"? Es klang auf alle Fälle sehr merkwürdig. Aber mit dem anderen: "Nahet euch zu Gott, so naht er sich zu euch", damit konnte man schon eher etwas anfangen. Das hieß doch, dass man nur zu Gott gehen musste, um ihn kennen zu lernen; und wenn er einem dann entgegenkam, konnte er doch eigentlich nur ein Jemand, eine Person, sein.

Ein Gefühl der Freude durchfuhr ihn. "Jetzt endlich", sagte er sich, "kann ich alles von Gott erfahren, was ich wissen will." Mit zitternden Fingern blätterte er die Seiten um. Einige der Blätter waren so versengt, dass man nichts mehr lesen konnte, andere wieder waren fast unversehrt. Er stand auf, drückte die Bibel an sich und hätte am liebsten gelacht und geweint und geschrien und gesungen, alles zu gleicher Zeit.

"Ich werde sie mit in den Geschirrstall nehmen", sagte er, "und ich werde jedes Wort lesen, das noch lesbar ist, bis ich wirklich alles weiß."

Jetzt verspürte er mehr als bloße Neugierde; als er über den Hof humpelte, war es ihm, als hätte ihn eine unsichtbare Macht gepackt und als triebe sie ihn dazu, das Wissen zu erlangen, nach dem er sich sehnte.

Er setzte sich auf seinen alten Eimer, öffnete das Buch und begann zu lesen. Sie schienen ihm entgegenzudonnern, die großen Worte:

‚Am Anfang schuf Gott Himmel und Erde.'

Im Geiste konnte er ihn sehen, wie er das tat, denn er sah immer von allem, was er las, Bilder in seiner Phantasie vor sich. So schien auch jetzt alles vor seinen Augen zu geschehen. Er konnte sehen, wie Gott die Welt wie Knetmasse zu einer Kugel formte und sie in das Weltall warf. Er sah, wie er die Ozeane schuf und die Kontinente und Inseln einzeichnete -, genauso, wie Frank sie selbst im Erdkundeunterricht zeichnete. Dann sah er, wie das Gras wuchs und wie das ‚Gevögel' und die ‚großen Walfische' kamen und schließlich der Mensch selbst.

"Meine Zeit!", schluckte Frank und seine Augen waren kugelrund vor Staunen. "Gott muss aber mächtig stark sein! Warum hat Urgroßmutter bloß geschrieben, man solle sich ihm nahen? Ich könnte mich niemals jemandem nähern, der so mächtig ist. Er wüsste bestimmt nicht einmal, dass ich existiere."

Er las weiter und konnte vor Aufregung kaum die Seiten

umschlagen. Als er an der Stelle angekommen war, da die Schlange mit Eva sprach, krallten sich seine Finger aus Furcht ineinander, und er wollte sie daran hindern, die verbotene Frucht zu nehmen. Doch da hörte er den Vater zum Abendessen rufen.

Schuldbewusst versteckte er die Bibel unter dem Eimer und verbrachte im Haus einen unruhigen Abend auf der Kante von Urgroßmutters Schaukelstuhl. Hoffentlich fragte ihn Vater nicht, warum er so ruhelos sei! Glücklicherweise war Vater jedoch wie gewöhnlich viel zu sehr mit seinen landwirtschaftlichen Zeitschriften beschäftigt, als dass er etwas bemerkt hätte.

Als am nächsten Morgen das Frühstück vorbei war, stürzte Frank in den Geschirrstall. Kaum hatte er aber Peter gefüttert und gesehen, wie Adam und Eva aus dem Paradies vertrieben wurden, da merkte er, dass er wohl viel zu spät zur Schule kommen würde.

Er rannte den ganzen Weg, so schnell es ihm sein lahmes Bein erlaubte und kam schwitzend und keuchend vor der Tür des Klassenzimmers an.

"Ach du meine Güte!", pustete er, als er von drinnen das Große Einmaleins hörte. "Ich komme zu spät; sie sind schon beim Rechnen!" Er öffnete die Tür und schlüpfte hinein.

Gewöhnlich sahen die Leute einen Augenblick zu einem hin, wenn man zu spät kam, aber heute war es schrecklich. Ganz plötzlich herrschte völliges Schweigen, man meinte, die Spannung knistern zu hören, die über der Klasse lag. Alle fuhren auf und starrten ihn an. Bleistifte und Bücher fielen auf den Boden und einige der Kleineren ließen ihre Rechentafeln fallen.

"Na", sagte Fräulein Klaar und nahm ihre Brille ab, "nach

dem, was ich von deinen Abenteuern am Sonnabend gehört habe, habe ich kaum noch erwartet, dich heute in der Schule zu sehen."

Die anderen machten sich wieder an ihre Arbeit, aber heimlich schauten sie sich nach Frank um, als sei er der wieder lebendig gewordene Winnetou. Heide erzählte ihm später, dass Horst als strahlender Held umhergegangen war und von seinen Taten berichtet hatte. Er - Horst - war natürlich tapfer zurückgegangen, um Frank zu retten, hatte aber solches Schreien und Stöhnen und solch grässliches Foltergeräusche gehört, dass er wieder weglaufen musste. "Ich wusste natürlich ganz genau, dass das nicht stimmte, aber die anderen haben es ihm alle geglaubt", fügte Heide mit einem Kichern hinzu.

Sobald es zur Pause geschellt hatte, fand sich Frank auf dem Schulhof in einem Knäuel von Kindern wieder. Die ganze Schule drängte sich um ihn, alle sprachen zu gleicher Zeit auf ihn ein und stellten ihm Fragen. Er konnte es fast nicht glauben, dass sie alle mit ihm, mit dem kleinen Frank, sprachen, der gewöhnlich allein dastand und sie nur aus der Ferne sah. Er fühlte sich wie Horst, als er seine Geschichte erzählte, und sie horchten mit offenem Mund, um sich auch ja kein Wort entgehen zu lassen - alle außer Frau Fuhrrnanns kleinen, dicken Töchtern, die dauernd nur sagten: "Oh Frank, was bist du tapfer! Nein, was bist du tapfer!"

"Und dann zwang er mich, Kaffee aus einem alten, verrosteten Becher zu trinken", fuhr Frank fort und das Erzählen bereitete ihm großen Spaß.

"War er vergiftet?", unterbrach ihn Sebastian.

"Natürlich nicht, du Dummkopf; sonst wäre er doch jetzt tot", sagte Horst spöttisch.

"Ach so, das stimmt", gab Sebastian kleinlaut zu. Doch dann bat er schon wieder: "Erzähl weiter, Frank!"

"Nun, dann fing er plötzlich an, mir zu erzählen, was ..." Hier unterbrach sich Frank. Nein, lieber wollte er sich die Zunge abbeißen als ihnen das erzählen. Schließlich waren sie doch weggelaufen und hatten ihn im Stich gelassen, als er dort oben auf dem Zaun saß.

"Er hat mir sehr interessante Dinge erzählt, aber das ist ein Geheimnis zwischen ihm und mir", und obwohl ihn alle bestürmten, konnten sie nichts mehr aus ihm herausbekommen.

Er erzählte ihnen von den Meerschweinchen; nur hatte er das sichere Gefühl, dass sie das andere nicht verstehen würden: dass sich jeder Mensch aus irgendeinem Grund nicht wohl in seiner Haut fühlt.

An diesem Tag war er der weitaus beliebteste Junge der Schule. Robert schenkte ihm Schokolade und Sybille bedachte ihn mit bewundernden Blicken, wie sie sonst nur Horst zuteil wurden. Sogar Horst selbst klopfte Frank auf die Schulter und sagte: "Das hätte ich dir nicht zugetraut, so einfach auf die Leiter zu klettern. Ich dachte immer, du seist ein armseliges, kleines Kerlchen."

Der arme Sebastian war so voller Scham und Reue darüber, dass er der Urheber des ganzen Unglücks gewesen war, dass er zwei Nächte nicht einschlafen konnte und sich in Schlaf weinte. Am nächsten Morgen standen ihm wie immer, wenn er schlecht geschlafen hatte, die Haare wie Fernsehantennen vom Kopf ab.

Wie man es auch sah: dieser Tag war der schönste, den Frank jemals in der Schule erlebt hatte. "Aber", dachte er, als er wieder in der letzten Bankreihe saß und sich über sein Geheimnis freute, "wenn sie erst wüssten, was ich gestern gefunden habe! Dann hielten sie bestimmt auch Meerschweinchen für ziemlich gewöhnlich."

Am Nachmittag kamen so viele Kinder in den Geschirrstall, um Peter zu besichtigen, dass Frank gar keine Gelegenheit fand, die Bibel aufzuschlagen.

Im Laufe der Zeit gingen die Dinge in der Schule wieder ihren normalen Gang und man vergaß Frank, der wieder allein auf dem Schulhof stand. Er tat zwar sein Bestes, um den Rat des alten Mannes zu befolgen; er versuchte, den Leuten gerade in die Augen zu sehen und sich nicht darum zu kümmern, was sie über ihn dachten, aber es erging ihm nicht besser als dem Alten, und bald gab er es auf.

Besonders der Sportunterricht machte ihm zu schaffen. Man fühlt sich sehr ungeschickt und überflüssig, wenn man sich nie wie die anderen austoben kann. Fräulein Klaars Bruder kam an drei Nachmittagen in der Woche und kommandierte alle bis zur Erschöpfung herum. Den größten Teil seiner Zeit war er Artist, aber er kam gern in die Schule, um ‚sein Brot zu verdienen', wie er sich ausdrückte. Er hatte behaarte Beine und eine laute, herzliche Stimme. Außerdem liebte er das Bogenschießen und war so begeistert von dieser Sportart, dass alle in der Schule sie ebenfalls mochten und Bogenschießen als beliebtestes Spiel galt. Frank saß immer nur da und beobachtete, wie sie mühelos die Pfeile auf die Scheiben abschossen. Wenn er doch nur irgendetwas gekonnt hätte!

Während der Sportnachmittage saß er gewöhnlich im Klassenzimmer und versuchte, ein Buch zu lesen. Am liebsten hätte er es in heller Verzweiflung quer durch den Raum geschleudert. Das Einzige, was ihn davon abhielt, war der Gedanke an das Buch, das er unter dem Eimer versteckt hatte.

Jeden Tag eilte er nach Hause, um ein Stück weiter zu lesen. "Junge", dachte er, als er die Geschichte von Abraham las, "stell dir vor, wie der einfach mit Gott redet und von ihm sein Freund genannt wird! Das muss damals toll gewesen sein. Ich wette, heute wagt niemand mehr, mit Gott zu sprechen."

Kapitel 5

Basti, die Wilde

Mit Peter stimmte etwas nicht. Es war der erste Tag der Osterferien und mit Sorgenfalten auf der Stirn kauerte Frank neben seinem Käfig. Einige Tage lang hatte sein Liebling nicht viel gefressen und jetzt hatte er sich in eine Ecke des Käfigs gedrängt und sah Frank mit dem Ausdruck tiefsten Elends an.

"Armer kleiner Bursche", sagte Frank und streichelte besorgt den seidigen Kopf Peters. "Ich werde zu Adalbert gehen und ihn um Rat fragen; er weiß alles über Tiere."

Adalbert mistete gerade den Stall von Horaz aus. Horaz war ein Bulle, vor dem Frank und sein Vater einen gesunden Respekt hatten. Er war jedoch Adalberts ganzer Stolz und die beiden verstanden sich großartig.

"Adalbert", rief Frank von der ‚sicheren' Seite der Stalltür aus, "mit meinem Meerschweinchen ist irgendetwas nicht in Ordnung."

Adalberts braunes, sonnverbranntes Gesicht tauchte hinter dem Rücken des riesigen Tieres auf. "Na, mein Herzchen", krächzte er mit seiner ungeölten Stimme, "da werde ich wohl nach ihm sehen müssen." Er schob den großen Bullen aus dem Weg, als sei er ein kleines Hündchen und watschelte auf seinen Säbelbeinen über den Hof. Die Hände wischte er ohne große Umstände an der Hose ab.

Er beobachtete Peter eine ganze Zeit lang, stieß einen leisen Pfiff aus und sagte: "Der kleine Bursche da sehnt sich nach Gesellschaft; er braucht ein Weibchen. Ich erkenne so ein einsames Tier auf den ersten Blick und wenn ich du wäre, ginge ich noch heute Morgen mit deinem Vater nach Dilfingen und kaufte ihm in der Zoohandlung ein hübsches kleines Weibchen."

Der Geländewagen ratterte über die gewundenen Straßen. Frank saß vor Aufregung kerzengerade auf dem vorderen Sitz neben seinem Vater. Auf den Knien hielt er eine Kiste mit Sägemehl und einer Karotte, und in seiner Tasche steckte alles Geld, das er besaß - drei Mark und siebenunddreißig Pfennige - die Ersparnisse eines ganzen Jungenlebens.

"Wie wohl ein ganz weißes aussehen würde?", überlegte er. "Oder hätte Peter vielleicht lieber ein ganz seidiges, schwarzes? Auf alle Fälle muss sie als Gemahlin eines Champions schön sein."

Er konnte kaum das Ende der Fahrt abwarten. Warum wurde denn aus dem Geländewagen kein schneller Sportflitzer? Aus den Augenwinkeln blickte er zu seinem schweigsamen Vater am Steuer hinüber und fragte sich zum hundertsten Male, wie er es wagen konnte, gegen eine so mächtige Person wie Gott zu rebellieren. Es hatte ihn jedenfalls nicht sehr glücklich gemacht. Sein Gesicht wies Falten auf, die andere Väter nicht hatten, und immer sah er traurig aus, sogar, wenn er lächelte.

Zu guter Letzt rumpelten sie über das Kopfsteinpflaster der hässlichen kleinen Stadt. Während der Vater den Wagen beim Kriegerdenkmal stehen ließ und in Richtung Viehmarkt ging, verschwand Frank in einer Nebenstraße auf der Suche nach einer Zoohandlung. Er brauchte ziemlich lange dazu, eine zu finden, doch nach langem Suchen und vielen Erkundigungen stand er vor dem schäbigen Gebäude. Im ersten Schaufenster saß ein trübsinniges, reichlich mottenzerfressenes Kaninchen, aber nebenan im anderen Fenster stand ein großer Käfig, in dem sich eine ganze Schar Meerschweinchen um einen Futtertrog drängte. Das war ein eifriges Geschiebe und Gedränge im Kampf um die besten Plätze.

Frank betrat den kleinen dunklen Laden, in dem ein Mann in einigen Säcken voll Hundekuchen herumstöberte. Als er keine Anstalten machte zu bedienen, ging Frank zum Käfig hinüber und warf einen Blick hinein.

Sofort stürmten alle Tiere vom Futter weg in eine Ecke, wo sie ein verschrecktes, ängstliches Häuflein bildeten. Nur eines machte eine Ausnahme. Es aß mit allen Anzeichen des Vergnügens weiter und schielte Frank nur aus dem Winkel eines glänzenden, schwarzen Auges verschmitzt an.

Irgendetwas an diesem Meerschweinchen kam ihm sehr vertraut vor. Frank starrte es stirnrunzelnd an.

"Es erinnert mich an jemanden - aber an wen bloß?" Vertraut war ihm die Art, wie die Nase zuckte, vertraut waren ihm auch das strähnige, braune Haar, das auf dem Kopf in die Höhe stand, und die Ohren. Sie waren von enormer Größe und standen - deutlich rot gefärbt - von beiden Seiten des Kopfes ab.

"Sebastian!", rief Frank leise. "Dieses hier ist sein Ebenbild." Und das war es!

"Das muss ich haben", dachte er. "Aber warum eigentlich? Es ist das Hässlichste von allen. Peter hätte wahrscheinlich viel lieber das Silberige dort oder auch noch das Schwarzweiße." Doch seine Augen kehrten immer wieder zu ‚Sebastian' zurück und er wusste: das war das Tier, das er sich wünschte.

"Wie viel kosten sie?", fragte er den verdrießlichen Mann.

"Drei Mark", antwortete er und wandte sich müde von seinen Hundekuchen ab.

"Ich hätte gern ein Weibchen", sagte Frank und lächelte schwach, um den Mann etwas aufzuheitern.

"Das sind alles Weibchen", war die noch mürrischere Antwort.

"Dann möchte ich das braune da nehmen", entschied sich Frank und zeigte auf ‚Sebastian'.

"Oh, wenn ich du wäre, würde ich das nicht nehmen. Schau mal!" Ein verbundener Finger fuchtelte vor Franks Nase herum. "Die ist wild; ich wär' gar nicht überrascht, wenn sich da mal eine Ratte in die Familie eingeschlichen hätte. Warum willst du denn nicht das hübsche kleine weiße Tierchen da drüben?" Frank sah es sich an, wie es in der Ecke saß und sich putzte. Es sah viel zu sehr nach Sybille aus.

"Nein, danke", sagte er fest. "Ich nehme das braune und werde es zähmen."

"Du kannst es ja versuchen, wirst es aber nicht schaffen. Sag aber am Schluss nicht, ich hätte dich nicht gewarnt." Mit dieser düsteren Prophezeiung schlurfte er davon, um ein Paar dicke Handschuhe zu holen. "Ich will nicht noch einen Finger verlieren", brummte er, während er das wild protestierende Tier in Franks Kiste hob, wo es auf dem ganzen Heimweg ärgerlich herumkratzte und -kletterte.

"Sie heißt ‚Sebastina'", verriet Frank dem Vater auf der Fahrt, "aber ich werde sie einfach kurz ‚Basti' rufen."

"Was soll ich nur machen, wenn sie miteinander kämpfen?", dachte er, als er am Geschirrstall ankam. "Vielleicht hassen sie einander wie Herr und Frau Fuhrmann."

Sein Herz schlug ziemlich schnell, als er den Käfig öffnete und Basti hineinschob. Peter stieß einen warmen, herzlichen Willkommenslaut aus, aber Basti nahm überhaupt keine Notiz von ihm. Sie fiel sofort über die Reste seines Frühstücks her und begann, gierig zu fressen. Im Handumdrehen war alles verschwunden, so dass Frank ihr noch eine Schüssel voll Kleie und Hafer herrichtete. Doch bevor er sich umdrehen konnte, hatte Basti auch das zwischen ihren gefräßigen Zähnen verschwinden lassen.

"Sie ist auch noch so gierig wie Sebastian", lachte Frank und lief hinüber zu Frau Fuhrmanns Haus, um einige Blumenkohlblätter zu holen.

Basti fraß den ganzen Tag mit wachsender Begeisterung und hörte nur einmal auf, um Adalbert böse anzusehen, der zur Besichtigung gekommen war.

"Die zähmst du nie!", war sein entschiedenes Urteil.

"Oh doch; das werde ich tun", sagte Frank entschlossen, "und morgen früh fange ich damit an."

Wenn jedoch Frank auch Entschlossenheit besaß: Basti besaß mehr davon. Sobald er sie am nächsten Morgen aus dem Käfig gehoben hatte, um mit einer Bürste ihr schmutziges Äußeres zu verschönern, ergriff sie diese einzigartige Gelegenheit, den Geschirrstall zu erkunden, beim Schopfe. Mit einer schnellen Drehung ihres dicken Körpers entwischte sie ihm, sprang auf den Boden und ließ Frank den ganzen Morgen wie hinter einem Stück Quecksilber herrennen. Es kam ihm so vor, als bereite ihr das riesiges Vergnügen, denn sie ließ sich sehr leicht einfangen, als er die Jagd aufgab und ihr Fressen herrichtete.

Das Gleiche geschah am Nachmittag und am Abend war Frank völlig niedergeschlagen - genau wie Peter, dem Basti nicht die geringste Beachtung schenkte. Außerdem fraß sie seinen Anteil am Futter, bevor er auch nur daran riechen konnte.

Nach dem Abendessen kam Frank mit duftigem, frischen Frühlingsgras zurück, um sie für die Nacht zu versorgen. Doch als er das Gras in den Käfig stopfen wollte, hielt er plötzlich inne und spähte angestrengt hinein. Er hatte etwas Verblüffendes gesehen, aber es musste seine Einbildung gewesen sein - ganz sicher hatte er es sich eingebildet. Peter stolzierte so stolz auf und ab, als hätte er gerade wieder einen Silberpokal gewonnen, während Basti in einer dunklen Ecke saß und plötzlich sehr sanft und zufrieden aussah. Als Frank sie beobachtete, sah er deutlich etwas Kleines, Weißes sich neben ihr bewegen.

"Das ist doch nicht möglich", sagte er, "aber es ist so!"

Er stürzte zur Tür des Geschirrstalles, rannte über den Hof und pochte wild an Adalberts Tür.

Adalbert briet gerade Speck zum Abendbrot und blickte erschreckt auf, als Frank atemlos zur Tür hereinhinkte.

"Ich glaube ..., Basti hat ein Junges bekommen", keuchte er. "Komm und sieh es dir an."

"Nun, nun!" sagte Adalbert weise, dann ahmte er das lebhafte Gebaren Dr. Harders nach, wenn er zu einem dringenden Fall gerufen wurde. Er setzte seinen besten Sonntagshut auf und stelzte über den Hof. Genau wie der Doktor räusperte er sich und nachte "Hm, Hm". Als er am ‚Bett' ankam, besah er sich Basti und den weißen Ball neben ihr und sagte: "Hm, Hm, gib ihr etwas warme Milch und Brot und ein wenig rohe Kartoffel. Dann lass sie bis Morgen früh allein. Sie werden durchkommen", fügte er fachmännisch hinzu. Unter stetigem Räuspern stolzierte er über den Hof zurück.

Frank wachte auf, schon lange bevor es Tag wurde und sehnte

die Dämmerung herbei. Sobald es hell war, stand er schon wieder im Geschirrstall. Zuerst konnte er gar nichts sehen, doch dann löste sich ein kleines weißes Etwas aus dem Dunkel des Käfigs und kam Frank auf unsicheren Beinen, die viel zu lang schienen, entgegen. Das kleine Etwas starrte ihn neugierig an; aber bevor Frank einen Finger durch die Gitterstäbe stecken und es streicheln konnte, kam ein weiteres kleines Geschöpf aus dem Halbdunkel. Es war ebenfalls weiß, hatte aber braune Flecke auf dem Rücken. Dann schließlich erschien mit niedlichen Hopsern, die so aussahen, als habe er den Schluckauf, ein kleiner brauner Nachzügler, eine Kopie von Basti. Das Tierchen hatte große Ohren, die fast noch röter als die seiner Mutter waren.

Diese Ostertage waren eine Zeit reinen Glücks für Frank. Er verließ den Geschirrstall fast nie und konnte gar nicht glücklicher sein, als wenn er auf seinem Eimer saß und in der alten Bibel las. Dann schlief Peter meistens in seiner Hosentasche, die Kleinen erkundeten seine Hosenbeine und die nun völlig zahme Basti machte auf seinem Schoss zufrieden ein Nickerchen.

Frank kam es vor, als habe er nirgendwo so gute Geschichten gelesen wie in der alten Bibel. Doch je mehr er von Gott las, desto verwirrter wurde er. Was tat Gott in unserer Zeit? Er ging gewiss nicht in einer Feuersäule umher und teilte auch keine Meere und ertränkte große Armeen - wenn er das täte, würde jedermann von ihm sprechen.

Seine Neugier war so groß, dass er an einem Sonntagmorgen hinten um die Kirche schlich und durch ein offenes Fenster zuhörte; aber alles, was er hören konnte, war die zittrige Stimme des alten Pastors, die unendlich lange über nichts Konkretes sprach.

"Ich werde dieses Geheimnis noch lösen", schwor sich Frank und fuhr fort, eifrig zu lesen.

Kapitel 6

Der leere Käfig

Eines Tages gegen Ende der Ferien versuchte Frank gerade, die sehr verkohlten Seiten eines Buches der Bibel zu lesen, das ‚Richter' überschrieben war, als er das laute Getrampel schwerer Füße auf den Schuppen zukommen hörte. Er versteckte die Bibel und setzte sich wieder hin. Halb erwartete er, den massigen Körper von Horaz um den Türpfosten biegen zu sehen; doch es war Sebastians einfältig grinsendes Gesicht, das erschien. Frank freute sich, ihn zu sehen, denn in seiner zurückhaltenden Art hatte er Sebastian sehr gern.

"Ich dachte, ich komme mal vorbei und schaue mir dein Meerschweinchen an", sagte er. "Ach du Liebes bisschen! Wie viele hast du denn inzwischen schon?"

"Oh, ich kaufte Peter ein Weibchen und gleich am nächsten Tag hatte sie drei Junge", erklärte Frank stolz.

Sebastian warf sich neben dem Käfig auf die Erde und nahm die Sehenswürdigkeit näher in Augenschein.

"Ob er sich wohl wiedererkennt?", dachte Frank, als er sich neben ihm niederließ.

"Die Kleinen sind süß", urteilte Sebastian begeistert, "aber die Mutter ist ziemlich hässlich, nicht wahr?"

"Sie ist nur ein bisschen unscheinbar", antwortete Frank und hatte Mühe, ein ernstes Gesicht zu zeigen.

"Sie hat so schrecklich große Ohren", fuhr Sebastian fort.

"Wie heißt sie denn?"

"Sebastina."

Entzücken breitete sich auf Sebastians pickeligem Gesicht aus. "Das ist ja fast mein Name - wie ulkig! Haben die Babies auch schon Namen?"

"Ja; das braunweiße heißt Eva, das weiße nenne ich Sara und das kleine, das wie seine Mutter aussieht, heißt Tian."

"Das klingt auch so ähnlich wie mein Name", sagte Sebastian geschmeichelt. "Ich wette, du hast gar nicht gemerkt, dass du sie nach mir benannt hast!" Er schlug sich vor Vergnügen auf die Schenkel, dass seine schlotterigen Cordhosen flatterten, und beide lachten Tränen - nur aus verschiedenen Gründen.

"Ich bin hergekommen und wollte mich mit dir unterhalten, weil ich so niedergeschlagen war", prustete Sebastian, "aber ich kann nie lange traurig bleiben."

"Warum warst du denn traurig?", fragte Frank und hielt sich seine schmerzenden Seiten.

"Meine Cousins aus Glasstadt."

"Sind sie gestorben oder sind sie krank?"

"Nein, sie wollen uns morgen besuchen. Sie sind furchtbare Angeber, weil ihr Vater viel mehr Geld hat als meiner. Immer haben sie etwas, womit sie protzen können. Beim letzten Mal brachten sie eine elektrische Eisenbahn mit, davor war es eine Modellyacht und außerdem haben sie einen kompletten Stabilbaukasten mit einem Elektromotor."

Sebastians Vater arbeitete im Wald und gab den größten

Teil seines Lohnes am Samstagabend in Dilfingen aus. So war kaum Geld übrig, um Sebastian ein neues Paar Turnschuhe zu kaufen, geschweige denn eine elektrische Eisenbahn.

"Wenn die kommen, komme ich mir immer so schrecklich armselig und dumm vor."

Frank erinnerte sich der Worte des Hässlichen: dass jeder Mensch sich wegen irgendeiner Sache nicht wohl in seiner Haut fühle.

"Wenn ich doch bloß auch etwas hätte, womit ich bei ihnen prahlen könnte", seufzte Sebastian. "Oh, jetzt hätte ich tatsächlich beinahe vergessen, dass ich noch bei Herrn Michel einkaufen muss. Wenigstens haben wir immer ein gutes Abendessen, wenn sie kommen."

Am nächsten Morgen wachte Frank erst um zehn Uhr auf. Es war der letzte Ferientag und deshalb wollte er die letzte Gelegenheit zum Ausschlafen auskosten.

"Was soll ich heute machen?", dachte er, während er sich noch einmal unter den Decken zusammenkuschelte. "Vielleicht schrubbe ich am besten heute den Käfig einmal mit dem Desinfektionsmittel aus, das mir Adalbert versprochen hat. Dann suche ich etwas frisches, grünes Gras und stopfe den Käfig neu aus. Das gibt ein Fest für die ganze Familie!"

Schnell war er angezogen und bald aß er den kalten Haferbrei, den der Vater ihm vor vier Stunden gekocht hatte.

Schon als er an der Tür des Geschirrstalles ankam, wusste er, dass etwas nicht stimmte - das wilde Wilkommensgequieke blieb aus. Er betrat den totenstillen Raum. Das Herz schlug ihm bis zum Halse. Wirklich: die Käfigtür stand weit offen und der Käfig war leer.

"Oh nein!", flüsterte Frank. "Das überlebe ich nicht."

Verzweifelt rief er nach Adalbert, der auch sogleich über den Hof gerannt kam, so schnell ihn seine Säbelbeine trugen. "Ja, Jungchen", sagte er traurig, "du musst gestern Abend vergessen haben, die Türe zu schließen."

"Dann müssten sie noch hier drin sein; sie konnten ja nicht aus dem Schuppen laufen." Frank begann wild zwischen Sätteln und Geschirr zu wühlen.

"Leider habe ich heute morgen gesehen, dass die Tür offenstand", sagte Adalbert und kratzte sich unglücklich an der Nase. "Es tut mir furchtbar leid, mein Junge, aber ich glaube, du wirst sie jetzt nicht finden. Die Hofkatze ist auf Ratten abgerichtet und außerdem sind auch noch die Hunde da." Traurig ging er zu Horaz in den Stall zurück und ließ Frank, der immer noch verwirrt suchte, im Geschirrstall zurück.

"Wenn eins von euch noch am Leben ist, werde ich es finden!"

Er durchsuchte die Ställe der Kühe, die Scheune, den Holzschuppen und die Traktorengarage. Selbst unter den Geschirrstall kroch er und untersuchte das Unterholz dahinter; doch während er suchte, saß die Hofkatze in der Sonne und leckte sich die Lippen mit ihrer rissigen, roten Zunge.

Als es Nachmittag geworden war, war Frank völlig verzweifelt. Er setzte sich neben den leeren Käfig und ließ große Tränen auf das Dach tropfen.

"Du solltest dich schämen, Frank Schäfer", sagte er sich wütend. "Ein großer Junge von elf Jahren will im September zur Höheren Schule gehen und heult wie ein Baby!"

Er schämte sich sehr, aber der Tränenstrom wollte nicht versiegen. Beim Abendessen konnte er keine von Frau Fuhrmanns köstlichen Rouladen essen und der Vater betrachtete ihn besorgt.

"Frank, mein Junge", sagte er, "wir fahren am Sonnabend nach Dilfingen und kaufen ein paar neue Tiere. Wie wäre das?"

"Nein", wehrte Frank traurig ab. "Ich habe Peter geliebt und die kleine, gierige Basti und Tian und die anderen; die kann man nicht ersetzen. Ich glaube, ich gehe noch mal hinaus und suche nach ihnen."

"Gut, mein Junge", sagte der Vater freundlich. "Ich werde heute Abend abwaschen."

"Ich glaube, Vater muss noch unglücklicher gewesen sein, als ein Unglück nach dem anderen geschah", dachte Frank, als er über den Hof ging, "obwohl fast nichts Schlimmeres geschehen kann als dies, was mir passiert ist."

Er setzte sich auf seinen Eimer und hatte nicht einmal den Mut, Urgroßmutters Bibel zu lesen.

Gerade war er im Begriff, zu Bett zu gehen, als die Tür aufgestoßen wurde und Sebastian dastand. Er trug einen großen Kasten unter dem Arm und strahlte über das ganze Gesicht. "Ach, hier bist du", sagte er. "Ich bringe sie dir zurück. Ich habe so getan, als gehörten sie mir, und meine Cousins waren herrlich neidisch. Ich dachte, du hast bestimmt nichts dagegen."

Frank verlor völlig die Kontrolle über sich, obwohl er sonst immer die Ruhe selbst war. Rote Zorneswolken umnebelten ihn und es kam ihm vor, als zitterte er an allen Gliedern. "Wie kannst du das wagen! Wie kannst du das wagen! Wie konntest du das wagen!", zischte er durch die zusammengebissenen Zähne. "Wie konntest du so dämlich sein? Ich möchte am liebsten ... dir den Hals umdrehen."

Wie aus weiter Entfernung sagte Sebastian: "Oh, Frank, sei nicht böse. Ich habe nicht gewusst ... ich habe nicht gedacht ..."

"Du hast nicht gedacht!", schrie Frank. "Ich hätte sie dir geliehen, wenn du mich darum gebeten hättest, aber du gehst einfach hin und stiehlst sie!"

Er wollte Sebastian packen, sah aber plötzlich durch den roten Nebel, der um ihn her wirbelte, Sebastians Gesicht. Dessen strahlendes Lächeln war gänzlich verschwunden und statt dessen trug der Arme eine so komisch verschreckte und reuevolle Miene zur Schau, dass alles in Frank lachen musste. Er lachte, bis die Tränen ihm die Wangen hinunterliefen und er sich auf dem Boden krümmte.

Sebastian stand da und sah, nun völlig verwirrt, auf ihn hinab. "Worüber lachst du denn bloß?"

"Dein Gesicht", schnappte Frank. "Du ahnst nicht, wie komisch du aussiehst."

"Dann bist du mir wohl nicht mehr böse?", fragte Sebastian und langsam zeigte sein Gesicht ein schüchternes, unsicheres Lächeln. "Bist du wieder mein Freund?"

"Ja."

"Was für ein Glück!", seufzte Sebastian und ließ sich schwer auf den Eimer fallen. "Sie waren ein ganzer Erfolg. Ihnen gegenüber sah die Spielzeuggarage meiner Cousins ziemlich gewöhnlich aus. Die dürfen keine Haustiere halten, weil sie in einem Mietshaus wohnen. Ich habe den ganzen Tag mit den Meerschweinchen geprahlt und zum Schluss hat Sebastina meinen ältesten Cousin gebissen - es war einfach herrlich!" Er schaute vergnügt in die Gegend und Frank betrachtete ihn verzweifelt.

"Sebastian", sagte er schließlich, "eigentlich müsste ich dich ermorden; ich weiß selbst nicht, warum ich dich so gern habe!"

Horst führte sich in jenem Schuljahr schrecklich auf. Alle waren nervös und gespannt auf die Ergebnisse der Prüfung und das wirkte sich bei Horst so aus, dass er noch herrischer als sonst war. Er schikanierte Sebastian und ärgerte die Mädchen. Sein Wort war absolutes Gesetz in der Schule, und alle opferten ihre Zeit und den größten Teil ihres Taschengeldes, weil sie es nicht mit ihm verderben wollten.

Eines Tages war die gesamte oberste Klasse in der Mittagspause hinter dem Fahrradschuppen versammelt. Sybille säuberte ihre sowieso schon fleckenlosen Fingernägel; Sebastian starrte in die Luft; Robert las ein Buch über Schweineaufzucht und Horst übte seinen Golfschlag. "Der Golflehrer im Club sagt, ich hätte ein großes Potenzial", bemerkte er stolz. Frank wusste nicht genau, was ein Potenzial war, aber wenn es so etwas wie Einbildung bedeutete, stimmte er vollkommen mit dem Golflehrer überein.

"Oh, ich wünschte, wir wüssten die Prüfungsergebnisse", seufzte Heide, "ich hasse dieses Warten."

"Ich weiß schon, dass ich bestimmt nicht bestanden habe", sagte Sebastian ergeben. "Ich habe das immer geahnt."
"Na, ich bin mir vollkommen sicher, dass ich bestanden

habe", sagte Horst und lehnte sich auf seinen Golfschläger. "Ich schneide bei Prüfungen ja immer am besten ab."

"Das liegt daran, dass du Fräulein Klaars Schoßkind bist", sagte Frank.

Auf einmal herrschte entsetztes Schweigen. Niemand wagte sonst, so mit Horst zu reden - mit Horst, dem großen Anführer der Gruppe, dem klügsten und erfolgreichsten Jungen der Schule.

"Was hast du gesagt?", fragte er mit gefährlich ruhiger Stimme.

"Ich sagte nur, dass du Fräulein Klaars Liebling bist", murmelte Frank und wünschte sich den Mut, es laut und deutlich zu sagen.

Horst kam langsam auf ihn zu, bis seine große, kräftige Gestalt drohend nahe vor Frank stand. Ein hässliches, sarkastisches Grinsen spielte auf seinem Gesicht.

"Weißt du", sagte er, "wenn du nur ein klein bisschen größer und ein wenig stärker wärst, würde es mir Spaß machen, dich zu verprügeln, aber ich kann mich einfach nicht herablassen, so ein armes, elendes, missgestaltetes kleines Geschöpf wie dich anzufassen!"

Frank sah schnell weg. Dieser Sarkasmus hatte ihn viel, viel mehr getroffen, als es ein Schlag hätte tun können.

Glücklicherweise läutete in diesem Augenblick die Glocke zum Nachmittagsunterricht, doch Frank hörte in keiner der folgenden Unterrichtsstunden zu. Er saß da, knirschte mit den Zähnen und ballte die Fäuste vor unterdrückter Wut.

"Irgendjemand muss irgendwann einmal Horst eine Lehre erteilen", war sein einziger Gedanke.

Nach dem Unterricht bat Fräulein Klaas die oberste Klasse zurückzubleiben und nahm von ihrem Schreibtisch einen amtlich aussehenden Umschlag. "Hier habe ich die Liste mit den Prüfungsergebnissen."

Mucksmäuschenstill war es in der Klasse. Heide drückte beide Daumen, während ihr Gesicht den Ausdruck schmerzlicher Erwartung annahm; Sybille hielt ihren kleinen Mund zu; Sebastian steckte die Finger in die Ohren; nur Horst schien die Zuversicht selber zu sein.

"Heide Ferguson - du hast bestanden."

Heides verkrampftes Gesicht entspannte sich.

"Sybille, du ebenfalls." Sybilles Miene war ausdruckslos.

"Robert, du hast gerade eben bestanden und Frank Schäfer, du hast ebenfalls bestanden."

Bis zu diesem herrlichen Augenblick war Frank nie recht bewusst gewesen, wie sehr er sich eigentlich wünschte, auf die Höhere Schule zu gehen.

"Sebastian, du bist leider durchgefallen", fuhr Fräulein Klaar fort, "und es überrascht und enttäuscht mich außerordentlich, dass auch Horst nicht bestanden hat."

Verblüfft schwiegen alle; keiner konnte es recht fassen. Dann drehten sich alle um und sahen Horst an, der purpurrot anlief, wütend aufstand und sagte: "Na ja, ich wollte sowieso nie auf dieses blöde Gymnasium gehen. Ich bin absichtlich durchgefallen." Damit verließ er das Zimmer und schlug die Tür hinter sich zu.

Frank konnte es kaum erwarten, seinem Vater zu berichten, dass er sich den Platz an der Höheren Schule erkämpft hatte. "Jetzt kann er stolz auf mich sein", dachte er, doch der Vater lächelte nur traurig und sagte: "Nun gut, das wird dir helfen, eine Stelle in einem Büro zu bekommen, wenn du groß bist. Du wirst der erste Schäfer seit Generationen sein, der nicht auf dem Land arbeitet."

Frank wünschte sich fast, dass er die Prüfung nicht bestanden hätte. Wie er den Gedanken an ein Büro hasste, wo doch alles in ihm sich nach Freiheit und frischer Luft sehnte. Aber wie konnte er mit seinem lahmen Bein und seinem schwachen Arm Bauer werden?

Kapitel 7

Entdeckt

Irgendwie überstand Frank die Tage in der Schule, indem er nur für seine Meerschweinchen und seine Bibel lebte. Die Kleinen wurden mit jeden Tag größer und fraßen sich durch Berge von frischem, grünen Gras. Frank bürstete alle fünf Tiere regelmäßig, bis sogar Basti ganz gepflegt und schön aussah.

Die Wochen gingen vorbei und Frank las seine Bibel Kapitel für Kapitel mit wachsendem Interesse durch. Er liebte diese Geschichten und er sah sie alle in seiner Phantasie vor sich, die tapferen Soldaten und die bösen Könige. Es waren aber sehr viele Seiten des Buches so völlig verkohlt, dass er Seite um Seite überschlagen musste und nur hier und da ein Wort, einen Satz oder eine Überschrift entziffern konnte.

"So ein Ärger!", schimpfte er dann. "Ich verpasse so viele wichtige Stellen. Wenn das so weitergeht, werde ich nie etwas Genaues über Gott erfahren."

Am schlimmsten schien der Mittelteil der Bibel verbrannt zu sein, denn sie war in der Mitte aufgeschlagen gewesen, als sie ins Feuer geschleudert worden war.

"Hier gegen Ende scheint es besser zu werden", dachte Frank, als er eines Morgens vor der Schule las. "Ja, es wird immer deutlicher." Und so war es. Als er an einem Buch "Das Evangelium nach Lukas" ankam, konnte er ohne Schwierigkeiten jedes Wort lesen.

Bald sah er wieder die Geschichten so lebendig wie gewöhnlich vor sich.

"Ich wette, dieses Mädchen Maria hatte ziemliche Angst, als sie sich umsah und so ein schrecklich großer Engel in ihrem Haus war." Er grinste. "Aber seltsam wurde es ja erst, als er ihr erzählte, dass ihr Sohn in alle Ewigkeit regieren würde und sein Königreich niemals unterginge. Das hieße ja eigentlich, dass er heute noch leben muss."

Er wurde immer verwirrter, während er weiterlas. Er sah Maria und Joseph in Bethlehem ankommen, wo alle Räume in der Herberge besetzt waren.

Dunkel erinnerte er sich daran, dass sie früher in der Schule einmal etwas aufgeführt hatten, das als ‚Krippenspiel' bezeichnet wurde, und das mit all dem zu tun gehabt hatte. Doch damals hatte das niemand mit Gott in Verbindung gebracht - dafür hatte Fräulein Klaar gesorgt.

"Was war das nur für ein Mensch?", wunderte sich Frank, als er von den Engeln las, die den ganzen Himmel erfüllten. "Er muss ganz schön wichtig gewesen sein."

In diesem Augenblick hörte er Adalberts Stimme über den Hof krächzen: "Frank, es ist fünf vor neun, und du kommst bestimmt wieder viel zu spät zur Schule. Komm her, ich bringe dich mit dem Wagen ins Dorf."

Kurz darauf schossen sie mit halsbrecherischer Geschwindigkeit den mit Schlaglöchern übersäten Weg hinunter. Sobald Adalbert in dem Geländewagen saß, bildete er sich immer ein, er sei Automobil-Weltmeister; deshalb stürzten alle Leute, wenn sie ihn kommen sahen, wie wild an den Straßenrand und zogen ihre Kinder und Hunde hinter sich her.

"Tu mir einen Gefallen", rief Adalbert Frank nach, als dieser dankbar vor dem Schultor ausstieg. "Geh auf dem Heimweg bei Herrn Michel vorbei und bring mir etwas Schinken mit. Ich kann ohne meinen Schinken nicht leben, aber wenn ich in den Laden gehe, komme ich nie wieder heraus. Der alte Michel schwätzt immer so viel."

Mit diesen Worten trat er auf das Gas, dass die Reifen quietschten und verpasste um ein Haar einen Telefonmast, drei Hühner und Sebastian, der ebenfalls zu spät kam.

Um fünf nach Vier betrat Frank Herrn Michels Geschäft. Er wusste sofort, dass etwas nicht stimmte. Herr Michel saß mit jammervollem Gesicht hinter dem Ladentisch und aß nichts - noch nicht einmal ein Bonbon!

"Was haben Sie denn?", fragte Frank bestürzt.

"Ich muss Diät halten", war die klägliche Antwort. "Dr. Harder sagt, ich muss siebzig Pfund abnehmen, weil mein Blutdruck zu hoch ist. Da darf ich nun nichts Gutes mehr essen - nur Pampelmusen und Salat und schwarzen Kaffee. Brr, furchtbar!", schauderte er. "Das wird mir das ganze Geschäft zugrunde richten; ich muss doch alles, was ich im Laden führe, erst probieren! Wenn es nicht gut genug für den Verkauf ist, verliere ich die Kundschaft!"

Er nahm eine Tafel Schokolade vom Regal, schob sie Frank über den Tisch zu und sagte: "Gestern hätte ich sie gegessen, deshalb kannst du sie nehmen. Du wirst es nicht glauben, aber ich war einmal so zart und schlank wie du."

Frank glaubte es nicht, aber er bedankte sich sehr herzlich und bat um den Schinken für Adalbert. Als Herr Michel trübsinnig die Kurbel der Wurstschneidemaschine drehte, fragte ihn Frank plötzlich: "Wer war Jesus?

Herr Michel war von der Frage so verblüfft, dass er sich rasch umdrehte und dabei einen Karton mit einem halben Dutzend Eier vom Tisch stieß. Natürlich gab das auf dem Boden ein herrliches Gemisch von Eidottern und Eierschalen.

Schnell holte der alte Mann eine Schüssel und schaufelte mit strahlendem Gesicht die ganze Bescherung hinein. "So ein Glück!", freute er sich. "Jetzt kann ich heute Abend Rührei essen. Das steht zwar nicht auf meinem Diätzettel, aber ich kann die Eier doch unmöglich umkommen lassen, oder? Und außerdem ist Rührei mein Leibgericht."

Er schien jetzt so zufrieden zu sein, dass Frank es noch einmal versuchte. "Bitte, sagen Sie mir - wer war Jesus?"

Herr Michel lehnte sich über den Ladentisch und rieb sich gedankenvoll das Kinn. "Ich bin ja ein ganz einfacher Mann", sagte er, "aber ich habe immer gedacht, Jesus wäre der Sohn Gottes. Er kam auf die Welt, um wie ein gewöhnlicher Mensch zu leben und uns zu zeigen, wer Gott ist; aber, wie gesagt, ich bin ein sehr einfacher Mann. Du musst den neuen Pfarrer fragen, wenn er kommt."

"Kommt denn ein neuer?", fragte Frank, nicht sehr interessiert.

"Ja, der alte Pastor wird am Ende des Monats pensioniert und dafür kommt ein neuer." Jetzt sah Herr Michel wieder ganz glücklich aus. Jeder, der neu in diese Gegend zog, bot ihm Gesprächsstoff für mehrere Wochen. Frank ließ ihn weiter von neuen Pfarrern und Rührei reden und machte sich, tief in Gedanken versunken, auf den Heimweg.

Jesus war also Gottes Sohn. Frank wurde ganz aufgeregt. Jesus war gekommen, um den Menschen zu zeigen, wer Gott war; genau das wollte Frank wissen.

Während der folgenden Tage machte er im Geschirrstall eine ganz seltsame Erfahrung. Wenn er von Jesus las, dann las er nicht einfach eine Geschichte, sondern es war ihm, als lernte er eine Person kennen. Manchmal hatte er sogar das unheimliche Gefühl, dass Jesus mit ihm im Geschirrstall sei.

Er hatte keine Angst, sondern fühlte sich unendlich glücklich und dieses Glücksgefühl verließ ihn keinen Augenblick.

"Ich könnte verstehen, dass Vater nichts mit Gott zu tun haben wollte, wenn Gott nur schrecklich und mächtig wäre und nur mit Donnerstimme spräche, aber ich kann mir nicht vorstellen, dass er Gott hassen könnte und gleichzeitig wüsste: Gott ist wie dieser Jesus. Er hatte die Menschen wirklich gern. Ich wäre so gern einer von seinen Jüngern gewesen. Es wäre herrlich: bei ihm zu sein und diese großartigen Taten mitzuerleben."

Frank schaute sich um. Wieder einmal war er überzeugt, dass er nicht allein im Geschirrstall war. "Wenn Gott wirklich wie Jesus ist", dachte er, "dann könnte ich mich ihm vielleicht nähern, wie Urgroßmutter es gesagt hat. Wenn ich nur wüsste, wie!"

Begierig las er weiter, um zu erfahren, was gegen Ende der Geschichte geschehen würde. Irgendwie erwartete er einen Schluss, bei dem Jesus mit einer Rakete zwischen den Wolken herumflog und alle Leute auf der Erde standen und ihm zujubelten. Einmal hatten sie das in Dilfingen getan, als der Präsident durchfuhr - und dieser Jesus verdiente es bestimmt!

Doch Frank sollte eine bittere Enttäuschung erleben.

"Wie konnten sie nur?" Ihm stockte der Atem, während er las, was die grausamen Soldaten dem Sohn Gottes antaten. Schweiß stand ihm auf der Stirn, als er sich vorstellte, dass Jesus an ein Kreuz genagelt wurde. Frank hatte früher nie jemandem besonders nahe gestanden, doch jetzt kam es ihm vor, als erlebe er das Sterben des liebsten Menschen auf der Welt mit.

"Gott war bestimmt so böse darüber, dass er sie alle tötete, wie er es mit der Flut getan hatte", flüsterte er. "Das konnte er den Menschen doch nicht vergeben, dass sie seinen Sohn so behandelten!"

Er las weiter, gespannt, was als Nächstes geschehen würde. So vertieft war er in die Geschichte, dass er nicht die Schritte hörte, die über den Hof kamen. Selbst als die Tür des Stalles geöffnet wurde, merkte er noch nichts, und erst als jemand "Na!" sagte, wusste er, dass das Schreckliche geschehen war - er war entdeckt worden!

Horst stand in der Tür und starrte Frank an, der dort auf dem Eimer saß und seine alte Bibel las. Unter der Oberfläche seiner scheinbar sorglosen Haltung war Horst schon seit Monaten unglücklich gewesen. Sein ganzes Leben lang hatte man ihm gesagt, er sei der Schlaueste und Wichtigste in seiner kleinen Welt. Seine Eltern hatten alles vorausgeplant. Zuerst sollte er zur Höheren Schule gehen, dann auf die Universität und schließlich würde er seine Begabung der ganzen Welt zeigen. Alles war aber schief gegangen, als er bei der Aufnahmeprüfung für das Gymnasium durchgefallen war. Dafür durfte dieser arme, missgestaltete, scheue, unnütze kleine Frank im nächsten Schuljahr die Höhere Schule besuchen, und er - Horst - musste zurückbleiben. Plötzlich hasste er Frank; und er hasste ihn so, dass er ihn verletzen wollte, dass er ihm sehr wehtun wollte. Deshalb wandte er seine Lieblingswaffe an - beißenden Spott.

"Du liest also in der Bibel." Seine Stimme klang verächtlich und um seine Lippen spielte ein hässliches Hohnlächeln. "Du elender, kleiner Jammerlappen!"

Diese Worte verletzten Frank wie keine anderen. Die größte Angst seines Lebens war Wirklichkeit geworden; er war Jammerlappen genannt worden. Es machte ihm nicht so viel aus, wenn andere wegen seines Beines über ihn lachten, denn dafür konnte er nichts. Aber es machte ihm etwas aus, dass er als Weichling bezeichnet wurde, denn immer hatte er sich angestrengt, keiner zu sein.

"Wusstest du nicht", fuhr die gnadenlos sarkastische Stimme fort, "dass nur Schwächlinge, alte Frauen und so kleine Krüppel wie du heute noch die Bibel lesen? Mein Vater sagt, dass dieser ganze christliche Quatsch im letzten Jahrhundert zu Ende ging; nur ein paar Dumme beschäftigen sich immer noch damit."

"Aber wie ist das mit den Pfarrern und den Kirchen?" Frank klammerte sich an diesem Strohhalm fest.

"Na, irgendjemand muss ja die alten Damen und Jammerlappen glücklich machen. Außerdem verdienen sie damit eine Menge Geld. Mein Vater sagt, dass sich niemand, der heute in unserer Welt etwas gilt, noch die Mühe macht, in der Bibel zu lesen."

Wenn ihm das alles jemand anders erzählt hätte, hätte es Frank nicht geglaubt, aber weil es Horst war, glaubte er jedes Wort. Horst war vielleicht nicht klug genug, um zur Höheren Schule gehen zu können, aber er ‚wusste Bescheid' - alle in der Schule wussten das. Es kam wohl daher, dass er im Golfhotel lebte und mit all den vornehmen Leuten zusammenkam. Er war ein Mann von Welt und deshalb musste das, was er sagte, wahr sein.

"Warte nur, bis ich das den anderen in der Schule erzähle. Die werden lachen! Sitzt der Kerl da und liest in der Bibel!" Es war für Horst eine Wonne. Nie zuvor hatte er Franks Zurückhaltung durchbrechen können, jetzt sah er ihn leiden - leiden wie die Maus, die er am Tage vorher zu Tode gequält hatte.

"Ja", höhnte er weiter, "die werden lachen! Wir werden dich von jetzt ab alle den ‚kleinen frommen Jammerlappen' nennen."

"Ja", höhnte er weiter, "die werden lachen! Wir werden dich von jetzt ab alle den ‚kleinen frommen Jammerlappen' nennen."

"Nein! Tut das nicht!", flehte Frank verzweifelt. "Ich habe auch gar nicht richtig gelesen; ich hatte die Bibel gerade zufällig gefunden. Sie lag hier im Schuppen und ich wollte sehen, wovon das ganze Buch handelte."

"Na, dann würde ich sie aber schnell ins Feuer schmeißen oder in den Mülleimer. Komm, gib sie her; ich besorge das für dich."

Frank gab ihm die Bibel und wusste im selben Augenblick, dass er das einzig Wertvolle weggab, das er besaß. Horst nahm sie achtlos und ging zur Tür. Mit einem letzten gehässigen Grinsen sagte er: "Kleiner frommer Jammerlappen! Pah! Ich habe ja schon immer gesagt, dass du ein armseliges, kleines Würstchen bist." Damit ging er hinaus und schlug die Tür hinter sich zu.

Frank stand volle fünf Minuten auf demselben Fleck und starrte ausdruckslos die Wand an.

"Was bin ich für ein Dummkopf gewesen", murmelte er gebrochen. "Ich hätte wissen müssen, dass moderne Menschen sich nicht mehr für jemanden interessieren, den die Römer vor vielen Jahren getötet haben; ich bin wirklich nur ein einfältiger Jammerlappen. Was für ein dummer Gedanke - Jesus Christus bei mir im Zimmer! Ich werde nie wieder so dumm sein." Aber als Frank in den verregneten Nachmittag hinausging, fühlte er, dass Jesus Christus gegangen war; er hatte den einzigen Freund, den er jemals besessen hatte, verloren.

Kapitel 8

Der Kaiser und die Bombe

Frank wusste selbst nicht, wie er die nächsten Wochen überstand. In der Schule wandten sich alle gegen ihn - dafür sorgte Horst mit gehässigen Worten. Alle riefen "Kleiner frommer Jammerlappen" hinter ihm her und hatten ihren Spaß daran. Am Ende eines heißen Schulsommers hatte niemand besonders gute Laune. Wenn es dann jemanden wie Frank gab, den man schlecht behandeln konnte, nutzte man das aus. Niemand wusste eigentlich genau, warum sie Frank so ärgerten; alle folgten wie gewöhnlich Horsts Beispiel. Robert wollte nicht mehr neben dem ‚Frommen' sitzen, Sybille und Heide starrten ihn nur spöttisch an, wenn er mit ihnen sprach, und sogar Sebastian wandte sich ab.

Frank hätte die Schule noch ertragen können, wäre er nicht auch zu Hause so einsam gewesen. Die Meerschweinchen zeigten keine besondere Zuneigung, obwohl er sie liebevoll fütterte und pflegte; der Vater und Adalbert hatten viel auf dem Hof zu tun; Herr Michel war seiner Diät wegen immer verdrießlich und von Jesus Christus war im Geschirrstall auch nichts mehr zu spüren.

Eines Abends fragte der Vater beim Abendessen geistesabwesend, was denn mit ihm los sei, und Frank murmelte irgendetwas von Hitze und ähnlichem. Damit gab sich der Vater zufrieden, der viel zu viel mit seinen eigenen Problemen zu tun hatte, als dass er sich noch um Franks hätte kümmern können.

Die Ferien begannen Anfang Juli. Frank war auf dem Hof von der Außenwelt abgeschnitten, denn er wagte nicht wegzugehen. Jemand aus der Schule hätte ihm begegnen können und dann hätte er verächtliche Blicke erdulden müssen. Er gestand sich zwar ein, dass er ein Feigling war, wenn er deshalb zu Hause blieb, aber er hatte ja noch nie für sich selbst eintreten können. Nachts konnte er nicht schlafen und die Tage - die heißesten seit zwanzig Jahren - ermüdeten ihn so, dass er nichts unternehmen konnte und nur einsam und gelangweilt herumsaß.

"Wenn ich groß bin, werde ich weglaufen und ein schlechter Mensch werden wie Onkel Harry. Dann werden mich alle ‚Frank, das schwarze Schaf' nennen", sagte er sich eines Nachmittags. Dieser Gedanke gefiel ihn so gut, dass er in das Wohnzimmer ging, wo alles mit Tüchern zum Schutz gegen den Staub abgedeckt war, und das Familienalbum holte. Darin fand er eine Fotografie, die seine Urgroßmutter mit ihren beiden Söhnen zeigte. Sein Großvater stand auf der einen Seite und ihr anderer Sohn Harry auf der anderen.

"Der Bursche sieht aber komisch aus!", dachte Frank. "Wenn man so eigenartig aussehen muss, um ein schwarzes Schaf zu sein, dann werde ich wohl keines werden."

Als er das Gesicht Onkel Harrys betrachtete, kam es ihm bekannt vor. Er konnte sich nicht helfen - irgendwo hatte er es schon einmal gesehen. In der Küche war es heller, deshalb stellte er sich dort ans Fenster und studierte dieses Gesicht genauer. Diesmal war er noch sicherer, dass er es kannte. Auf die Rückseite des Bildes war etwas hingeschrieben worden und Frank erkannte die Handschrift als die seiner Urgroßmutter wieder.

"Gott, bitte segne meinen Sohn Harry, wo immer er auch ist", hatte sie geschrieben.

"Pah!", rief Frank und warf das Foto verächtlich auf den

Tisch. "Das Gebet wird ihr auch viel genützt haben! Ich wette, Gott hat es noch nicht mal gehört."

Als Adalbert eines Tages aus dem Dorf zurückkam, bemerkte er Franks blasses Gesicht und sagte: "Meine Güte, Jungchen, wenn du eine Kuh wärst, würde ich dir bestimmt Kräutersalz geben. Aber ich habe eine Neuigkeit, die dich interessieren wird. Ich war gerade unten zum Einkaufen. Es kommt einem so vor, als klatschte das ganze Dorf, und Herr Michel schweigt natürlich darin. Der neue Pfarrer ist angekommen und hat einen zwölfjährigen Sohn. Sie sagen, er sei zwei Meter groß - der Pfarrer, meine ich - und er hat Tausende von Büchern und ein altes Auto. Es soll so klapperig sein, dass man sich wundert, wie es noch fahren kann. Und sie sagen"- hier senkte sich seine Stimme zu einem Flüstern - "sie sagen, dass seine Frau gar nicht seine Frau ist, sondern seine Schwester und dass der Junge ihr gehört, nicht ihm. Und", - geheimnistuerisch senkte er seine Stimme noch mehr - "er geht auf so eine Art von Schule, die sie ,In-tier-nat' oder so ähnlich nennen."

Damit ging er fort, um Horaz zu füttern, und seine Blicke verrieten, dass er sich unter ,In-tier-nat' mindestens ein Heim für schwer erziehbare Kinder vorstellte.

Frank interessierte sich nicht ein bisschen für einen Pfarrer, der sich durch die Dummheit von ,alten Damen und Jammerlappen' seinen Lebensunterhalt verdiente, doch er hätte gern gewusst, wie sein Neffe war. So sagte er beim Abendessen beiläufig: "Ich habe gehört, es ist ein neuer Pfarrer gekommen, und er hat einen Neffen in meinem Alter. Das ist bestimmt einer von diesen frommen Jammerlappen."

"Ja, ja", antwortete der Vater, dessen Gedanken bei der Ernte waren. "Wenn er im Pfarrhaus wohnt, dann ist er wahrscheinlich einer von diesen ... wie hast du gesagt? Einer von diesen Jammerlappen. Reich mir bitte die Tomatenschnitten, Junge; ich habe heute Abend einen Hunger wie ein Ackergaul."

Frank vergaß den Pfarrer und seine Familie, bis eines Tages er und Adalbert mit dem Kleinlastwagen nach Dilfingen fuhren, um ein neues Kalb von der Bahn abzuholen.

Sie kamen viel zu früh an, weil Adalbert so halsbrecherisch wie gewöhnlich gefahren war. So setzte sich Frank auf einen Gepäckwagen, während Adalbert träge sein Pfeifchen schmauchte. Der Bahnhof schien wie ausgestorben; der Gepäckträger schlief in der Sonne und der Beamte am Fahrkartenschalter las Zeitung. Man hörte nichts außer den Bienen des Stationsvorstehers und dem Ticken der Uhr im Wartesaal.

Plötzlich geschah alles auf einmal. Auf den Bahnhofsvorplatz brauste hupend und fehlzündend ein altes Auto und bremste quietschend; der Zug kam um die Biegung; der Gepäckträger schoss von seinem Sitz hoch und auf den Bahnsteig lief ein Riese von einem Mann mit schlohweißem Haar. Ihm folgte die schönste Frau, die Frank jemals gesehen hatte. Der Zug kam kreischend zum Halten und heraus fiel ein braungebrannter Junge mit einem ungepflegten Wuschelkopf und einem breiten, grinsenden Gesicht. Stürmisch umarmte er die schöne Frau und den großen Mann und das Reden, Lachen und Rufen der drei erfüllte den ganzen Bahnhof mit Leben. Sie zogen wahre Unmengen von Gepäck aus dem Zug.

Fasziniert schaute Frank zu, wie ein Kricketschläger, ein Kleidersack, zwei Koffer, eine Gitarre, ein Tennisschläger, drei Limonadeflaschen und ein Bogen mit einem Köcher voller Pfeile zum Vorschein kamen.

"Oh, Liebling", sagte die schöne Frau, "das wird niemals alles in den Wagen passen. Ist das auch wirklich alles?"

"Ich glaube", antwortete der Junge mit einer fröhlichen, etwas heiseren Stimme. "Oh Schreck! Nein, warte einen Augenblick; ich habe mein Fahrrad vergessen."

Alle drei stürzten auf den Gepäckwaggon zu, in dessen Tür sich Adalbert, der Gepäckträger und der Bahnhofsvorsteher drängten. Sie versuchten mit vereinten Kräften, das Kalb herauszuzerren. Plötzlich wurde Frank starr vor Aufregung, denn in diesem Moment kam der ‚Hässliche' aus dem Wald auf dem Bahnhof an.

"Bitte, beeilen Sie sich!", rief der Zugschaffner, als das Kalb sicher auf dem Bahnsteig stand. "Wir haben schon zehn Minuten Verspätung. Wo wollen Sie denn hin?", fügte er barsch hinzu, als der Landstreicher dem Jungen zum Zug folgte. Der alte Mann murmelte etwas und verschwand im Dunkel des Waggons, während der Schaffner ungeduldig an seiner Pfeife kaute. Schließlich erschien er wieder, unter dem Arm einen seiner hölzernen Reisekäfige.

Der Junge reichte gerade sein Fahrrad heraus, als das Schreckliche geschah. Der alte Mann stolperte beim Aussteigen und fiel hin. Die Tür des Käfigs sprang auf und heraus schoss ein großes Meerschweinchen. Der schlecht gelaunte Schaffner wartete nicht erst ab, was jetzt geschehen würde, sondern blies schrill seine Pfeife. Dadurch wurde das arme Tier so erschreckt, dass es auf dem Bahnsteig entlang in Richtung Lokomotive entwischte. Alle - der Schaffner ausgenommen - verfolgten es.

"Es ist der ‚Kaiser'!", schrie Frank und versuchte, ihn zu erwischen, aber das Tier wich plötzlich seitlich aus und fiel dabei über die Bahnsteigkante. Betäubt saß es auf den Geleisen vor dem langsam anfahrenden Zug.

"Oh nein! Nicht mein ‚Kaiser'!", schrie der alte Mann auf

und bedeckte das Gesicht mit den Händen. "Nicht mein ‚Kaiser'!"

Frank wollte zur Bahnsteigkante stürzen, aber Adalbert hielt ihn am Kragen fest. Sie hatten gerade noch Zeit zu sehen, wie der fremde Junge wie ein Blitz an ihnen vorbei und auf die Geleise sprang. Der Lokomotivführer bremste heftig, aber die Maschine fuhr schon zu schnell, als dass sie hätte anhalten können. Die Leute riefen durcheinander und eine Frau schrie auf. Der Zug hatte den Jungen schon beinahe erreicht, als der sich der Länge nach auf den ‚Kaiser' warf und sich mit ihm auf das Nebengleis rollte. Rumpelnd kam der Zug über der Stelle zum Halten, an der der Junge noch vor zwei Sekunden gelegen hatte.

Es gab ein großes Durcheinander. Der Lokomotivführer schüttelte die Faust, der Bahnhofsvorsteher brüllte etwas von der Bestrafung Zuwiderhandelnder und der Schaffner regte sich immer noch über die Verspätung auf. Die schöne Dame schluchzte in ein Taschentuch und im Hintergrund blökte verschreckt das Kalb.

"Mark, warum stellst du nur immer so verrückte Sachen an?", schimpfte der Pfarrer, als der Junge mit dem ‚Kaiser' unter dem Arm auf den Bahnsteig zurückkletterte.

"Tut mir furchtbar leid. Ich habe gar nicht überlegt", sagte er und schaute mit einem gewinnenden Lächeln in die ärgerlichen Gesichter. Diesem Lächeln konnte man einfach nicht widerstehen und so war plötzlich niemand mehr böse. Bald lachten und redeten wieder alle auf einmal.

"Schneidiger Bursche!", sagte der Bahnhofsvorsteher. Der Gepäckträger schüttelte dem Lokomotivführer die Hand und wischte sich den Schweiß von der Stirn, während selbst der Schaffner umgänglicher wurde und von seinem Jungen zu Hause erzählte, der genauso leichtsinnig sei. Unbemerkt in der Aufregung nahm der ‚Hässliche' den ‚Kaiser' und verschwand leise, ohne ein Wort des Dankes.

"Er ist einfach verschwunden", stellte Mark verwundert fest, "wie weggezaubert."

"Er ist sehr scheu", erklärte Frank. Seine Sympathie für den alten Mann gab ihm den Mut zu sprechen. "Er hasste es, angestarrt zu werden. Ich finde", fügte er plötzlich hinzu, "das hast du großartig gemacht. Das war nämlich der ‚Kaiser'."

"Du meinst, dieser alte Mann ist ein Kaiser?", staunte Mark mit aufgerissenen Augen.

"Nein, das Meerschweinchen. Es ist sehr berühmt und hat massenhaft Pokale gewonnen. Mir gehört einer seiner Enkel und der hat auch schon einen Pokal gewonnen."

"Wirklich?" Mark war höchst beeindruckt. "Den würde ich aber gern einmal sehen."

"Komm mal zu uns herauf", lud ihn Frank ein und vergaß ganz seine übliche Scheu vor Fremden.

"Ich komme gleich morgen. Wo wohnst d ...?" Er wurde von lautem Hupen und dem Rattern eines Motors unterbrochen. "Sie warten auf mich; ich muss springen" und einen Moment später kletterte er schon in den alten, offenen Wagen. Der war hoch mit Gepäck beladen und verschwand mit seinen drei Insassen bald in einer Wolke von Staub und Abgasen.

"Hui!", pfiff Frank. "Es ist, als hätte eine Bombe neben mir eingeschlagen." Aber das dachte wohl jeder, der Mark Tanner zum ersten Mal begegnete.

Kapitel 9

Ein Schock für Horst

Am folgenden Nachmittag musste Frank noch immer an den Jungen mit dem lachenden Gesicht und der Stupsnase denken.

"Er hat etwas Besonderes an sich", dachte er, als er Bastis Fell striegelte. "Irgendwie ist er ‚lebendiger' als andere Leute. Wahrscheinlich wird er sich aber nicht die Mühe machen, hierher zu kommen und sich Peter anzusehen. Er weiß nicht, wo ich wohne, und wenn er die anderen trifft, werden sie ihm erzählen, was für ein Jammerlappen ich bin. Dann wird er keine Lust mehr haben, mich näher kennen zu lernen."

In diesem Augenblick hörte er Adalberts raue Stimme auf dem Hof. "Er ist im Geschirrstall, Junge; geh nur hinein" und schon öffnete sich die Tür. Mark trug ein verschossenes grünes Hemd. Über der Schulter hing ein Köcher voller Pfeile, in der einen Hand trug er einen Lederschutz und in der anderen hielt er einen großen, handlichen Glasfiberbogen.

"Ich habe den ganzen Tag lang versucht, deine Wohnung zu finden", grinste er. "Zum Schluss hat mir ein dicker Mann in einem Geschäft im Dorf gesagt, wo du wohnst. Du hast es gut, dass du auf einem Bauernhof leben kannst!" Er sah sich interessiert in dem Schuppen um, ganz offen und überhaupt nicht scheu.

Als er die Meerschweinchen sah, hockte er sich neben den Käfig, um sie zu begutachten.

"Dieser ist wirklich wie sein Großvater, aber er sieht doch schöner aus und nicht so hochnäsig. Bestimmt hast du viel Spaß mit dieser Bande."

Bald waren sie in eine angeregte Unterhaltung vertieft. Sie sprachen über Meerschweinchen, den ‚Hässlichen aus dem Wald', Herrn Michel und die Schule, als hätten sie einander schon jahrelang gekannt. Frank hatte sich noch nie so mit jemandem unterhalten können und es machte ihm riesigen Spaß.

"Hast du übrigens schon meinen neuen Bogen gesehen?", fragte Mark plötzlich. "Es ist das neueste Modell. Übt ihr viel Bogenschießen in der Schule?"

"Ja", antwortete Frank und wurde plötzlich traurig, "aber wie du siehst, kann ich nicht mitmachen."

Verwundert sah ihn Mark an. "Warum nicht? Deine rechte Hand scheint doch stark genug zu sein. Was kannst du mit der linken anfangen?"

"Ich bin eigentlich nur ein bisschen ungeschickt damit. Ich kann alles greifen, aber mein Bein ist ziemlich unbrauchbar." Irgendwo in Frank begann sich ein Gefühl der Erregung zu melden.

"Nun, wenn du damit greifen kannst, dann genügt das vielleicht schon. Alles, was du brauchst, ist genügend Kraft, um den Bogen zu halten und ihn auf das Ziel zu richten - alles andere tut die rechte Hand. Wer weiß: Vielleicht bist du begabt. Komm mit in den Hof, und probiere mal einen Schuss."

Begeistert von diesem Gedanken, ging er in den Hof voran und strahlte so viel Zuversicht aus, dass auch Frank Mut fasste. Mark gab ihm den Bogen und zeigte ihm rasch, wie er gehalten wurde und wie der Pfeil auf den dafür vorgesehenen Punkt der Sehne aufgesetzt wurde.

"Jetzt stell dich seitlich auf, und dreh den Kopf nach links. Ja, genau so", lobte er. "Jetzt schieß auf den Torpfosten." Man hörte ein Schwirren, ein Zischen und ein Aufschlagsgeräusch. Zu Franks Überraschung steckte der Pfeil fest in seinem Ziel.

"Hier, versuch noch einmal", sagte Mark. "Das war das Glück des Anfängers."

Als jedoch der nächste Pfeil ebenso sicher das Ziel traf, sagte er: "Na, na, na, du hast mich aber ganz schön hinters Licht geführt. Erzähl mir nichts; du hast früher schon mal geübt."

"Nein, wirklich nicht", lachte Frank, "ich verspreche dir, dass ich niemals in meinem Leben einen Bogen in der Hand gehabt habe."

Er schoss einen weiteren Pfeil ab und auch dieser steckte sicher im Torpfosten. Nun war Mark völlig entgeistert und starrte ihn bewundernd an.

"Weißt du, was du bist?", rief er aus. "Du bist ein Naturtalent. Du siehst auch schon wie ein echter Bogenschütze aus; so einen tollen Stil hast du. Ich will dir etwas sagen! In diesen Ferien werde ich dich trainieren und ich wüsste nicht, warum du nicht ein wirklich guter Schütze werden solltest. Sie werden alle verblüfft sein, wenn du wieder in der Schule bist."

"Im nächsten Schuljahr gehe ich auf eine neue Schule", sagte Frank atemlos, "aber dort sind die sehr stark im Bogenschießen."

"Na bitte! Wenn du an einer neuen Schule anfängst und in

irgendeiner Sportart, wie zum Beispiel Bogenschießen, etwas leistest, machst du von Anfang an Eindruck."

"Meinst du wirklich, ich könnte es schaffen?", fragte Frank zweifelnd.

"Ganz sicher", antwortete Mark bestimmt. "Ich habe noch keinen Anfänger mit einem so guten Stil gesehen. Du musst die anderen in der Schule viel beobachtet haben. Hör zu!" Mark fing an, sich zu begeistern. "Wir müssen zuerst eine Ausrüstung für dich besorgen. Dieser Bogen ist viel zu schwer für dich. Du solltest meinen alten, leichteren nehmen. Ich kann dir auch einen Handschuh und einen Armschutz leihen. Komm mit, wir gehen zu mir nach Hause und schießen auf eine richtige Zielscheibe. Ich habe dort eine stehen."

Aufgeregt redend und lachend gingen sie los.

"Du musst bei den Jugendmeisterschaften auf dem Jahrmarkt in Dilfingen antreten", schlug Frank vor. "Sie finden nächsten Monat statt und Jungen und Mädchen aus dem ganzen Bezirk nehmen an den Wettkämpfen teil."

"Wirklich?", sagte Mark und hielt plötzlich an. "Hör mal, warum willst du denn nicht auch teilnehmen? Wenn du dich richtig anstrengst und viel übst, müsste das doch zu machen sein. Erzähle aber keinem davon; dann werden sie umso überraschter sein."

Frank schien in einem Taumel von Glück und plötzlich erwachtem Selbstvertrauen zu schweben. Als sie jedoch um die Ecke der alten Sägemühle bogen, verließ ihn das Glücksgefühl mit einem Schlage, und kalter Schrecken durchzuckte ihn. Ihnen entgegen kam nämlich Horst mit Robert, Sebastian, den Zwillingen und zwei von Frau Fuhrmanns Kindern im Gefolge.

Gleich würde also alles vorbei sein, dachte er traurig, als sie näher kamen. Noch ein paar Schritte, dann würde Horst rufen: ‚Hallo, Jammerlappen, hast du auch wieder brav in der Bibel gelesen und gebetet?' und alle würden lachen. Dann wüsste Mark alles über ihn und das wäre das Ende. Mark war ganz bestimmt kein Schwächling und er würde mit keinem reden wollen, der einer war.

Doch schließlich wurde der Konflikt von Mark selbst abgewendet. Er ging auf die anderen zu, schwenkte seinen Bogen und lächelte sein fröhliches Lächeln.

"Hallo", sagte er zu Sybille und Heide, "ihr müsst die Zwillinge sein, die ich heute morgen gesehen habe. Ich wollte schon immer einmal Zwillinge kennen lernen."

Heide strahlte ihn an. "Und du musst der Neffe des neuen Pfarrers sein", vermutete sie. "Wir gehen gerade alle zum ‚Bodenlosen Teich'. Kommt mit; wir haben viel zu essen bei uns."

"Sollen wir?", fragte Mark Frank. "Wir können später noch zu mir gehen." Frank nickte gleichgültig und trübsinnig.

Als sie zwischen den dunklen, geraden Baumreihen entlanggingen, fiel ihnen allen etwas auf. Anstelle der üblichen Scheu vor Fremden stellten sie bei sich in Marks Gegenwart nur Unbefangenheit fest. Er hörte so interessiert zu, wenn man mit ihm sprach, dass man sich für den wichtigsten Menschen der Welt halten konnte. Das machte alle glücklich und gelöst.

Sofort war er der Mittelpunkt der Gruppe und jeder sprach auf ihn ein und erzählte ihm lustige Geschichten.

Alle außer einem. Horst ging ein wenig hinter den anderen, die Arme über der Brust verschränkt und den Mund zusammengekniffen. Zum ersten Mal in seinem Leben beachtete ihn niemand. Alle sahen jemand anders an und lachten, wenn dieser Jemand Späße machte. Er, der Anführer der Schar, hätte am besten zu Hause bleiben sollen, denn um ihn kümmerte sich ja doch niemand. Sein Gesichtsausdruck wurde immer finsterer.

Als sie sich dem Teich näherten, sagte Mark: "Man hat so ein seltsames Gefühl in diesem Wald; es ist, als umringten einen ganze Armeen von Telegrafenmasten."

"Ja", kicherte Heide, "es gibt auch viele Geschichten darüber. Da ist zunächst einmal der ‚Hässliche'."

"Ich habe ihn gestern getroffen", antwortete Mark.

"Dann ist da natürlich auch das ‚Ungeheuer'", erinnerte Sebastian aufgeregt, "es lebt im Teich und ist sehr gefährlich. Wenn man ihm aber etwas Essen hineinwirft, dann tut es einem nichts."

"Wer hat dir denn das bloß erzählt?", lachte Mark. "Du glaubst doch nicht etwa daran?"

"Natürlich glaube ich es - Horst hat es mir erzählt", sagte Sebastian einfach.

"Na", fuhr Mark fort, "ich weiß ja nicht, wer Horst ist, aber ganz richtig scheint er nicht im Kopf zu sein."

"Vielleicht richtiger als du!" Horst fand es an der Zeit, seine Rechte geltend zu machen und war froh, dass er an diesem Tag seinen besten Anzug trug. Er würde es diesem Emporkömmling schon zeigen. "Ich bin hier der Anführer, und was ich sage, wird gemacht."

"Das freut mich", antwortete Mark, gutmütig wie immer.

"Dann sag, was du willst."

Plötzlich kam sich Horst ziemlich albern vor. Da er aber nicht recht wusste, warum, setzte er sich auf einen Baumstumpf und versuchte, möglichst würdig auszusehen.

"Kommt, lasst uns vor dem Essen schwimmen", schlug Heide ungeduldig vor.

"Auf dieser Seite ist der Teich zu tief; wir müssen auf die andere gehen", sagte Robert.

"Unsere Sachen lassen wir hier."

Bald lachten und redeten alle durcheinander. Sie legten die Essenspakete auf einen Haufen und streiften ihre Kleider ab.

"Unser kleiner Frank hat bestimmt zu viel Angst, um zu schwimmen?" Horsts Stimme triefte so von Hohn, dass seine Bemerkung wie ein Peitschenhieb wirkte. Es herrschte Totenstille.

"Was soll denn das heißen?", fragte Mark.

"Du kennst Frank noch nicht sehr gut, oder? Wir kennen ihn jedenfalls. Er ist ein kleiner Jammerlappen und will sich wahrscheinlich noch nicht einmal die Füße nassmachen. Er ist wirklich ein entsetzlicher kleiner Feigling."

Marks freundlicher Gesichtsausdruck war völlig geschwunden und die Zornesröte stieg ihm in die sommersprossigen Wangen.

"Wie kannst du es wagen, so etwas Gemeines zu sagen?", fauchte er.

"Frank ist zufällig ein Freund von mir."

"Möglich! Er ist aber nicht mein Freund und du kannst mich nicht daran hindern, das zu sagen, was ich will."

"So, das kann ich nicht?", fragte Mark. Er war jetzt wirklich wütend.

"Du brauchst nur noch einmal so etwas zu sagen und ich werfe dich eigenhändig in den See, - egal, ob du Sonntagskleider anhast oder nicht."

"Das willst du ganz allein schaffen?", höhnte Horst. "Ich bin größer als du und außerdem würden mir die anderen alle helfen. Darum traust du dich nicht zu tun! Und ich werde dir das beweisen." Zu Frank gewandt, fuhr er fort: "Ein kleiner frommer Jammerlappen, mehr bist du nicht. Hau ab! Du hast bei uns nichts zu suchen."

"Gut, das genügt!", sagte Mark beherrscht. Langsam und bedacht nahm er seinen Köcher ab und legte den Bogen auf die Erde. Horst stand breitbeinig und mit verschränkten Armen da und beobachtete jede seiner Bewegungen. Er kam Frank wie Goliath vor, der den kleinen David erwartete.

Schritt für Schritt kam Mark näher und gerade diese scheinbare Schwerfälligkeit wiegte Horst in Sicherheit. So war er nicht vorbereitet auf Marks Blitzangriff. Bevor er wusste, was mit ihm geschah, wurden ihm die Beine weggerissen, und schwer stürzte er zu Boden. Mark hielt seine Beine fest und schleifte ihn zum Teich. Nun war Horst wirklich ungeheuer stark und kämpfte wie ein Löwe, aber Mark war stärker und hatte ihn außerdem gut im Griff. Der Besiegte konnte nur wütende Hiebe in die Luft austeilen.

"Steht nicht herum! Helft mir doch, ihr Dummköpfe!", tobte er, als das Ufer immer näher rückte. Aber sie hatten alle zu lange seine Tyrannei erdulden müssen und genossen es nun, dass es jemanden gab, der mit ihm fertig wurde.

Mit einer fast übermenschlichen Anstrengung beförderte Mark ihn in den Teich. Halb zog, halb schob, halb warf er ihn und mit einem Platsch und einem Angstschrei verschwand Horst im tiefen Wasser.

Als er wieder auftauchte, versuchte er krampfhaft, an der Uferböschung Halt zu finden, aber das Ufer war steil und schlüpfrig. Wieder verloren ihn die Freunde aus den Augen. Beim nächsten Auftauchen kreischte er in panischer Angst: "Helft mir! Ich kann nicht schwimmen. Ich ertrinke!"

"Oh Schreck - ich habe ihn ermordet!", keuchte Mark und sprang ohne weitere Überlegung ins Wasser.

Nicht umsonst hatte er im letzten Schuljahr den Lebensrettungsschein erworben. Er ließ Horst zuerst seine Handgelenke umfassen, drehte ihn auf den Rücken und schwamm bald mit kräftigen Beinschlägen am Ufer entlang. Horsts Kopf hielt er mühelos über Wasser.

Als sie einen Teil des Ufers erreichten, an dem die Böschung nicht so steil war, standen beide bald wieder auf festem Grund. Horst wischte sich das Wasser aus den Augen und den Schlamm von seinem neuen Anzug. Die anderen kamen alle herbeigerannt, als jedoch sein Blick voll Hass und Wut sie traf, blieben sie auf der Stelle stehen.

"Das werde ich dir nie verzeihen - Pfarrersjunge", knirschte er und verschwand im Wald.

Alle schauten Mark an, um zu sehen, ob Horsts Worte auf ihn die beabsichtigte einschüchternde Wirkung hatten. Doch Mark zog ganz ruhig sein Hemd aus, wrang es aus und blickte unbefangen in die Runde. "Wo bleibt denn das Essen? Ich sterbe fast vor Hunger!" Damit setzte er sich und aß wie ein Scheunendrescher. Scheinbar war es für ihn etwas Alltägliches, Leute in Teiche zu werfen und ihnen dann das Leben zu retten.

Sie gingen alle zusammen nach Hause. Am Pfarrhaus bot sich ihnen ein seltsamer Anblick. In der Garageneinfahrt stand ein Teil eines uralten Autos, während die beweglichen Teile alle über den Rasen vor dem Haus verstreut lagen. Die Räder lagen auf einem Fleck, die Motorhaube auf einem anderen, die Rücksitze auf der Eingangstreppe und Teile des Motors waren überall verstreut. Alles, was vom Pfarrer selbst zu sehen war, war ein paar langer, nicht enden wollender Beine, die unter dem Trittbrett herausragten.

"Was ist denn mit dem Wagen los? Fährt er nicht mehr?", fragte Sebastian.

"Ich glaube, bis jetzt tut er es noch, aber bald wird er streiken. Nein, Onkel nimmt ihn jeden Samstag auseinander - das ist sein Hobby - aber er kann sich nie erinnern, wie alles wieder zusammengesetzt wird. Dadurch kommen die Autoschlosser bei ihm leicht zu ihrem Geld."

In diesem Moment kam die schöne Frau mit einem Teller aus der Haustür und stolperte beinahe über den Rücksitz auf der Treppe. Liebevoll pochte sie an das Auto und rief ihrem Bruder zu: "Komm hervor, Georg, und iss ein Stück Kuchen. Er ist noch warm." Dann, als sie die Kinder am Gartentor stehen sah, winkte sie ihnen zu. "Kommt her", rief sie. "Ich habe eine Menge Kuchen, heute ist mein Backtag."

Sie schien genauso umgänglich und fröhlich zu sein wie ihr Sohn, als sie den Kuchenteller herumreichte. Vor allem sah sie ganz und gar nicht so aus, als habe sie Backtag, denn ihre Spitzenschürze war fleckenlos und ihre Frisur war so ordentlich, dass kein Haar auf dem falschen Fleck lag. Ganz anders als Frau Fuhrmann, dachte Frank, die immer puterrot und vorn Mehlstaub weiß wurde und schwitzte, wenn sie kochte.

Ölverschmiert kroch der Pfarrer unter dem Auto hervor und Mark stellte jeden jedem vor. Niemand konnte allerdings ‚Guten Tag' sagen, da alle den Mund voll von heißem Kuchen hatten.

Frank kaute stillvergnügt vor sich hin und es schmeckte ihm ausgezeichnet. Doch plötzlich bemerkte er, wie Marks Mutter ihn anstarrte und die Stirn runzelte. Es war ein peinliches Gefühl, so beobachtet zu werden, und er war sofort überzeugt, dass sein Gesicht schmutzig sein müsse oder dass etwas an seiner Kleidung nicht stimme. Deshalb versteckte er sich hinter Roberts breitem Rücken.

Plötzlich fragte sie: "Habe ich dich nicht irgendwo schon einmal gesehen?"

"Er war gestern am Bahnhof, Mutti", sagte Mark mit vollem Mund.

"Nein, ich habe dich doch davor schon einmal gesehen, nicht wahr? Vor Jahren. Oder vielleicht erinnerst du mich nur an jemanden - aber an wen?"

Ihr Gesicht hellte sich wieder auf. "Macht nichts", sagte sie. "Ich werde noch darauf kommen, wahrscheinlich in der Badewanne oder in der Kirche oder sonst wo", und lachend reichte sie wieder den Kuchen herum.

"Können meine Freunde nicht alle morgen zum Kaffeetrinken kommen? Es ist schön, am Sonntag viel Besuch zu haben, und wir könnten danach zusammen in den Abendgottesdienst gehen", schlug Mark seiner Mutter vor.

"Ich habe genug Kuchen, um eine ganze Kompanie zu

verpflegen. Da ist es vielleicht besser, wenn sie kommen und beim Aufessen helfen", antwortete seine Mutter.

Der Pfarrer bat Sebastian und Robert, ihm beim Anmontieren der Räder zu helfen, während die Mädchen die Sitze bürsteten und Mark mit Frank den leichteren Bogen suchte.

"Junge!", sagte Sebastian, als sie später alle zusammen nach Hause gingen. "Auf das Kaffeetrinken morgen freue ich mich nicht schlecht. Ich werde den ganzen Tag über nichts essen, damit ich schön hungrig bin."

"Und wir ziehen unsere neuen Nylonstrümpfe und die Schuhe mit den schmalen, hohen Absätzen an", schwärmte Sybille.

"Oh nein", stöhnte Heide. "Das ertrage ich nicht!"

"Doch, das werden wir tun. Man muss sich anständig anziehen, wenn man eingeladen wird", antwortete Sybille geziert.

Alle waren aufgeregt, denn man wurde schließlich nicht jeden Tag zum Kaffee eingeladen. Sogar Robert, der sonntags am liebsten die Schweineställe ausmistete, wollte davon nichts mehr wissen, wenn er an den Kuchen der schönen Frau dachte. Nur Frank machte sich auf dem Heimweg durch den Wald Sorgen. Mark hatte davon gesprochen, dass sie hinterher in die Kirche gehen würden.

"Wie kann ich zur Kirche gehen?", dachte Frank. "Jemand könnte es Vater sagen und dann wäre alles aus." Aber am Ende siegte die Neugier. Es würde herrlich sein, endlich zu wissen, was in der Kirche vor sich ging. Außerdem konnte er schlecht zum Kaffee gehen und sich dann weigern, in die Kirche zu gehen, und eins war sicher - nichts würde ihn hindern, zu diesem Kaffee zu gehen.

"Warum geht Mark wohl zur Kirche?", dachte er. "Ich vermute, sein Onkel befiehlt es ihm, wie die Zwillinge von ihren Eltern hingeschickt werden. Ich wette, dass er das hasst, denn er ist sicher nicht der Typ, der irgendetwas mit Religion zu tun haben will."

Kapitel 10

Wer war Sylvia Mohr?

Es war Mittagszeit auf Schwarzeneck und sie aßen wie üblich gekochte Bohnen, als Frank plötzlich tief Atem holte und sagte: "Vater, ich bin heute nachmittag zum Kaffee eingeladen."

Der Vater hörte ihn zuerst nicht, so tief war er in seine Zeitung versunken.

"Was mache ich bloß, wenn er fragt, wohin ich gehe?", dachte Frank. Er wusste, dass ihn sein Vater nie ins Pfarrhaus gehen lassen würde.

"Ich sagte, dass ich zum Kaffee eingeladen bin", wiederholte er unsicher.

"Was meinst du?", sagte der Vater und blickte geistesabwesend über den Rand der Zeitung. "Oh ja, wirklich? Schenk mir bitte noch eine Tasse Kaffee ein."

Frank, der noch nie im Leben zum Kaffee eingeladen worden war, war so voll Vorfreude, dass der Nachmittag sich für ihn unerträglich in die Länge zog.

"Ich habe gar nichts Anständiges anzuziehen", dachte er und durchwühlte verzweifelt seine Garderobe. Vater und er hatten in allen ihren Kleidern Löcher, denn Frau Fuhrmann hasste Ausbesserungsarbeiten. Schließlich borgte er sich von Albert eine knallgelbe Krawatte mit roten Punkten und fühlte sich sehr elegant.

Sie hatten verabredet, sich an der Schule zu treffen und

von da aus zusammen zum Pfarrhaus zu gehen, weil sich jeder scheute, allein dort anzukommen. Als Frank an der Schule anlangte, saß Sebastian schon wartend auf der Mauer des Schulhofes. Sein Haar war mit Wasser gebürstet und er sah aus wie Hänschen klein kurz vor dem Aufbruch in die weite Welt.

Frau Fuhrmanns jüngste Töchter kamen als Nächste und stritten sich gerade heftig, denn beide hatten Mark als Freund auserkoren.

"Was für alberne Geschöpfe doch Mädchen sind", dachte Frank, als er die Zwillinge in ihren hochhackigen Schuhen heranstelzen sah. Sybille gab sich so, als hätte sie sie schon ihr ganzes Leben lang getragen, aber Heide schlurfte mit wackelnden Knöcheln einher. Plötzlich, als sie das Schultor erreicht hatten, knickte ihr Knöchel um, und sie landete kreischend in einer Pfütze. Als sie wieder aufstand, war ihr weißes Kleid voller Schmutz, ihr Knie sah durch ein großes Loch im Strumpf hervor und Laufmaschen liefen in alle Richtungen.

"Da hast du es!", fauchte sie ihre Schwester an. "Blöde Schuhe! An diesem ist sogar schon der Absatz abgebrochen!"

"Oh Schwesterchen, was machst du jetzt bloß?", jammerte Sybille entsetzt und ratlos. "Du musst nach Hause gehen."

"Alles, nur das nicht!", sagte Heide entschieden. "Was? Das Kaffeetrinken nur wegen ein bisschen Schmutz und ein paar Laufmaschen versäumen? Ich lasse diesen Schuh hier im Graben liegen und hüpfe auf einem Bein weiter - das merkt niemand."

Der bloße Gedanke daran erfüllte Sybilles reinliche und ordnungsliebende Seele mit Abscheu, aber Heide machte sich nichts daraus. Sie machte im Gegenteil alles nur noch schlimmer, als sie auf die Mauer kletterte, um Jelängerjelieber zu pflücken und auch in den anderen Strumpf Laufmaschen riss.

"Gut! Jetzt sehen beide einheitlich aus", sagte sie zufrieden.

"Wo nur Robert bleibt?", fragte Sebastian. "Ich verhungere schon fast; ich habe heute noch keinen Bissen gegessen. Wenn er sich nicht beeilt, kommen wir vielleicht zu spät, und ich sterbe vor Hunger."

In diesem Augenblick kam ein sehr verschwitzter und ärgerlich aussehender Robert angerannt.

"Es war furchtbar", keuchte er. "Ich wollte nur noch schnell die Schweine ausmisten, bevor ich ging. Dabei habe ich mich so schmutzig gemacht, dass meine Mutter sagte, ich müsste ein Bad nehmen und mich vollkommen neu anziehen. Sie sagt, ich rieche immer noch nach Dünger." Und das tat er auch!

Sie gingen gerade die Straße hinunter, als Horst ihnen auf seinem neuen Rennrad entgegengefahren kam.

"Hallo", rief er, "wo geht ihr denn alle so fein angezogen hin? Auf eine Hochzeit?"

"Nein, wir gehen zum Kaffeetrinken ins Pfarrhaus. Bist du nicht eingeladen?", fragte Sebastian, taktlos wie immer.

"Nein!", erwiderte Horst spöttisch. "Ich habe was Besseres zu tun. Wahrscheinlich werdet ihr alle ‚bekehrt' und fangt an, jeden Sonntag in die Kirche zu gehen. Ihr wollt ja nur mit diesem hochnäsigen Pfarrersjungen gut Freund bleiben. Pah! Ihr seid mir ein paar Einfaltspinsel! Ich gehe jetzt und übe Bogenschießen."

Damit fuhr er weiter zu Herrn Klaars ungepflegtem Haus, aber insgeheim wünschte er sich, doch mitgehen zu können.

Als sie vor dem Pfarrhaus ankamen, waren sie plötzlich alle sehr befangen und wünschten, sie wären nicht gekommen. Sogar Heide versuchte, ihren Rock über ihre durchlöcherten Strümpfe zu ziehen, als sie sich einen Weg durch die Einzelteile des alten Autos bahnten. Scheinbar hatte sie der Pfarrer wieder einmal nicht zusammenbauen können. Sie drängten sich alle auf der Treppenstufe, auf der die Rücksitze lagen, und keiner wollte den Klingelknopf drücken. Sie wussten immer noch nicht, wer nun schellen sollte, als die Tür geöffnet wurde und die riesige Gestalt des Pfarrers vor ihnen auftauchte.

"Kommt nur herein", lud er sie ein und strahlte sie an. Er war so groß, dass seine Stimme drei Meter über ihnen zu sprechen schien.

Sie traten alle ein und wussten nicht recht, was sie mit ihren Händen und Füßen anfangen sollten. Doch fühlten sie sich schon gleich wohler, als sie Mark sahen, der ihnen von der Tür des Wohnzimmers aus zugrinste.

"Mutter sagt, ihr sollt hereinkommen; ihr müsst hungrig sein", sagte er.

"Das sind wir auch", antwortete Sebastian, drängte gespannt nach vorn und trat natürlich dabei auf Heides bloßen Fuß. Als sie den gedeckten Tisch sahen, blieben alle stehen. Frank staunte nur. Er hatte nie für möglich gehalten, dass solche Genüsse überhaupt existierten. Da standen ein Schokoladenkuchen, ein Mokkakuchen und ein Zitronenkuchen; ein großer Teller mit Schaumgebäck, auf dem sich Schlagsahneberge türmten; drei verschiedene Arten selbstgebackenen Brotes, von dem die Scheiben nach Farbe und Größe zu Mustern ausgelegt waren. Es gab Pfefferkuchenmänner, einen großen Teller voll Schokoladenplätzchen, Brötchen mit Erdbeermarmelade und in der Mitte einen riesigen Biskuitauflauf, gekrönt mit roten Kirschen und Sahne.

"Oh!", sagte Sebastian ehrfürchtig. "Oh!"

Sie setzten sich und Frank wollte sich gerade entscheiden, wo er zuerst zugreifen sollte, als der Pfarrer sagte: "Wir wollen, bevor wir anfangen, noch danken."

Nun dachte Frank, sie sollten sich alle bei der Schwester des Pfarrers bedanken. Doch niemand sagte etwas und dann beobachtete er etwas sehr Seltsames. Der große, weißhaarige Mann lächelte, schloss die Augen, neigte den Kopf und sagte - geradeso, als spräche er mit einem guten Bekannten -: "Lieber Herr, wir wollen dir für dieses gute Essen danken und für die Freude, die wir miteinander haben. Segne uns, wenn wir nachher in dein Haus gehen. Halte uns an deiner Hand. Amen."

Frank saß da und starrte ihn an. Er hatte plötzlich keinen Hunger mehr. Alle anderen fingen an zu essen und sich zu unterhalten und Teller und Tassen herumzureichen, doch Frank schien gar nicht zu wissen, dass sie existierten. Er war so verblüfft von dem, was er gesehen hatte. Der Mann hatte mit Gott gesprochen. Tatsächlich mit ihm gesprochen! Frank hatte es nicht für möglich gehalten, dass das heute noch jemand wagte.

"Und er sah vor allem so aus, als freute er sich dabei", dachte er, aber dann kam ihm schmerzhaft zu Bewusstsein, was Horst gesagt hatte. "Wahrscheinlich muss er das von Berufs wegen tun", sagte er sich traurig. "Wie Mark ihn verachten muss."

Durch einen Tritt Heides gegen sein Schienbein wurde er

aus seinen Gedanken gerissen. "Komm, Frank", sagte sie, "bis du aufwachst, ist nichts mehr übrig geblieben." Plötzlich merkte er, dass sein Appetit zurückgekehrt war, und er machte sich mit großem Vergnügen an die ‚Arbeit'.

Für jedes Stück jedoch, das er aß, aß Sebastian sechs, und schließlich saß Frank nur noch da und beobachtete ihn fasziniert. Vier Stück Mokkakuchen, sechs Baisers, zehn Marmeladebrötchen, alle Lebkuchenmänner, neunzehn Schokoladenplätzchen und drei Portionen Biskuitauflauf verschwanden in seinem Rachen. Dabei war natürlich das nicht mitgezählt, was er gegessen hatte, bevor Frank anfing, ihn zu beobachten.

"So", sagte er schließlich mit hochrotem Gesicht und einem Mund voller Schlagsahne, "jetzt fühle ich mich besser."

Nach dem Kaffeetrinken gingen alle nach draußen auf den Rasen und setzten sich in Gartenstühle. Als sie es sich bequem gemacht hatten, sagte Mark: "Onk, erzähle ihnen doch mal, wie dein Haar weiß wurde."

"Ja", begann der Pfarrer und legte eines seiner langen Beine über das andere, "ich habe schon immer Autos geliebt. Als ich noch in der Schule war, habe ich mir eines Tages den Sportwagen des Direktors geliehen, um eine Spritztour zu machen. Ich trat das Gaspedal durch und erreichte auch eine enorme Geschwindigkeit, als das Unglück geschah. Ich raste mit hundertundzwanzig einen steilen Berg hinab und merkte plötzlich, dass die Bremsen nicht funktionierten. Zuerst durchbrach ich eine Hecke, dann wurde ich über einen Graben geschleudert und landete schließlich in einem Kornfeld. Der Wagen überschlug sich mehrmals, fing Feuer und setzte das ganze Feld in Brand. Ich war nicht verletzt (jedenfalls nicht, bevor ich in das Studierzimmer des Direktors kam), aber als ich am nächsten Morgen aufstand, war mein Haar ganz weiß. So ist es seither geblieben."

Alle waren von diesem Bericht tief beeindruckt und Robert erzählte, wie ihn einmal ein Stier gejagt hatte. "Mein Haar wurde zwar nicht weiß, aber ich hatte noch drei Tage später den Schluckauf." Jetzt bog sich alles vor Lachen.

"Lasst uns etwas singen, wenn wir wieder bei Puste sind", schlug der Pfarrer vor. "Mark, hol deine Gitarre."

Sie sangen Lieder, die der Pfarrer ‚Chorusse' nannte. Niemand kannte die Texte, aber sie lernten sie schnell und sangen bald aus voller Kehle zu den flotten Rhythmen, die Mark auf seiner Gitarre spielte. Die Texte sagten etwas über Gott, aber darauf achtete Frank im Augenblick nicht besonders; er war zu beschäftigt damit, Sebastian zu beobachten. Der saß wie der bleiche Tod auf der Kante seines Liegestuhles und hielt sich an der Lehne fest. Seinem Gesicht sah man an, dass es ihm gar nicht gut ging, und sogar seine großen Ohren waren weiß.

"Sing uns ein Solo, Mark", sagte die schöne Frau, die auf dem Gartenstuhl aussah wie eine Königin auf einem Thron.

"Gut. Ich habe es im letzten Schuljahr gelernt" und er fing an zu singen.

> Jesus ist immer bei mir,
> ja, Jesus ist immer bei mir.
> Er hat mir Leben
> und Freude gegeben.
> Jesus ist immer bei mir.

Nicht, dass seine Stimme besonders überragend oder sein Gitarrenspiel brillant gewesen wäre; es war vielmehr sein Gesichtsausdruck beim Singen, der Frank alles um sich her vergessen ließ. Er dachte nicht mehr an Sebastian, sondern starrte nur noch Mark an, genau, wie er seinen Onkel vor dem Essen angestarrt hatte.

Es gab eine Pause, nachdem er geendet hatte. Niemand wollte etwas sagen, denn sie fühlten, dass er jedes Wort dieses Chorusses gemeint hatte und dass es ihm sehr wichtig war.

"Bestimmt", dachte Frank, "hat er nicht gemeint, dass Jesus immer bei ihm ist, wie er bei mir im Geschirrstall war. Wenn irgendjemand, dann wäre es Mark, der diese Sache für unsinnig halten würde."

Aus seinen Überlegungen wurde er durch die schöne Frau herausgerissen, die plötzlich "Oh!" rief und von ihrem Gartenstuhl aufsprang.

"Was ist los?", fragte der Pfarrer erschreckt. "Hat dich eine Wespe gestochen?"

"Nein, mir ist nur gerade eingefallen, an wen mich Frank erinnert. Es ist Sylvia."

"Und wer ist Sylvia?", fragte der Pfarrer ratlos.

"Sie hieß Sylvia Mohr, weißt du. Ich besuchte sie in dem Sommer, in dem du Scharlach hattest, auf dem Hof ihres Onkels." Sie strahlte Frank an und fuhr fort: "Sylvia war das netteste, süßeste und schönste Mädchen, das ich je gesehen habe. Wir waren damals erst neun und seitdem habe ich sie nicht mehr gesehen. Aber du bist ihr Ebenbild; bist du vielleicht mit ihr verwandt?"

"Ich glaube nicht; ich weiß jedenfalls nichts davon", sagte Frank schüchtern, "aber", fügte er unsicher hinzu, "irgendwie dämmert es bei mir, dass ich den Namen schon einmal gehört habe." Er zermarterte sein Hirn, aber komischerweise konnte er an nichts anderes denken als an seine Haarbürste!

"Macht nichts", sagte Frau Tanner fröhlich. "Ich glaube

wirklich, es ist Zeit, in die Kirche zu gehen. Wir wollen uns anziehen und losgehen."

Die Zwillinge setzten sich ihre riesigen Strohhüte mit den falschen Blumen auf und Robert, der immer noch fürchterlich nach Stall roch, schnallte seinen Gürtel um drei Löcher weiter.

"Ich kann bestimmt nicht während des ganzen Gottesdienstes sitzen, wenn mein Gürtel das gute Essen einschnürt", bemerkte er, als sie die Straße hinabgingen.

"Ich bin sicher, ihr werdet nach dem Gottesdienst alle wieder hungrig sein", lachte die schöne Frau. "Dann müsst ihr alle noch einmal zum Abendessen ins Pfarrhaus kommen und die Reste vom Nachmittagskaffee aufessen - viel ist ja nicht mehr übrig", fügte sie mit einem nachsichtigen Lächeln, das Sebastian galt, hinzu.

Doch Sebastian lächelte nicht zurück. Sein Gesicht hatte einen grünlichen Farbton angenommen und auf seinem Kopf standen die Haare zu Berge. "Jeden Augenblick", keuchte er, "muss ich mich ..." Und er musste sich ... Und wie!

"Du Ärmster", sagte Marks Mutter. "Soll ich dich nach Hause bringen?"

"Nein danke", sagte Sebastian fest. "Ich fühle mich jetzt wohler und außerdem habe ich ja gerade Platz gemacht für das Abendessen."

Als sie sich der Kirche näherten, begann Franks Herz schneller zu schlagen. Er sah einige Leute, die gerade hineingingen, sich amüsierten und auf ihn zeigten. Einen von ihnen hörte er sagen: "Sieh dir das an! Der Junge von Schäfers geht zur Kirche. Ob sein Vater weiß, wo er ist?"

"Ich wette, morgen früh hat es ihm jemand gesagt", dachte Frank nervös.

Als er jedoch auf die Kirchentür zuging, vergaß er seinen Vater sehr schnell, denn er war zu gespannt darauf, was er wohl in dem verbotenen Gebäude sehen würde.

Zunächst war er ziemlich enttäuscht von den kahlen, weißen Wänden und den schweren, hölzernen Bänken. Er hatte mindestens erwartet, ein paar Engel zu sehen, wenn nicht Gott selbst, aber der ganze Ort erinnerte ihn an den Warteraum des Dilfinger Bahnhofs. Sie saßen alle in einer Reihe und bald trat auch der Pfarrer ein.

Er trug ein Kleidungsstück, das aussah wie ein schwarzer Morgenrock. Was nun folgte, war für Frank eine Stunde völliger Verwirrung. Er fand sich weder im Gesangbuch noch in der Bibel zurecht, und erst recht nicht in der Liturgie. Frau Fuhrmann spielte so laut Orgel, dass es ein Wunder war, dass das Dach nicht einstürzte. Hinter ihr saßen ihre neun Kinder und ihr Mann, der laut genug sang, um das Gebrüll von Horaz zu übertönen.

Frank fing gerade an zu begreifen, warum nach Horsts Meinung nur Dummköpfe zur Kirche gingen, als der Pfarrer auf die Kanzel stieg und alles plötzlich anders wurde.

"Heute Abend kommt mein Text aus dem Brief des Jakobus, Kapitel 4, Vers 8. ‚Nahet euch zu Gott, so naht er sich zu euch'", las der Pfarrer.

Frank richtete sich kerzengerade auf seinem Sitz auf. Wo hatte er das schon einmal gehört? Er kannte es sehr gut. Dann fiel es ihm ein. Natürlich, es war der Vers, den Urgroßmutter in die Bibel geschrieben hatte.

Die Stimme des Pfarrers hallte durch die Kirche. "Das Erste, woran wir denken müssen, wenn wir uns Gott nähern wollen", dröhnte sie, "ist, dass er nicht eine verschwommene Idee ist. Er ist auch nicht irgendwo im Himmel, sondern eine wirkliche Person, die mit uns zusammensein möchte."

Der Pfarrer sagte noch viel mehr, aber Frank hörte gar nicht mehr zu. Plötzlich hatte er wieder dieses Gefühl, das er damals im Geschirrstall gehabt hatte. Es schien den ganzen Raum zu füllen und zum ersten Mal seit vielen Wochen fühlte sich Frank unendlich glücklich. Er war glücklich gewesen, als er mit Mark zusammen gewesen war oder als Horst ins Wasser geworfen worden war. Es war herrlich gewesen, ins Pfarrhaus eingeladen zu sein, aber das alles waren oberflächliche Gefühle gewesen. Nun erfuhr er wieder wirkliches, tiefes Glück, das sich ganz in ihm ausbreitete.

Es blieb nicht, dieses Gefühl. Es verließ ihn, als er aus der Kirche hinausging. Zum Pfarrhaus ging er nicht mehr zurück, damit der Vater ihn nicht vermisste und etwa fragte, wo er gewesen sei.

"Was soll ich nur tun?", sagte er und stieß heftig einen Stein beiseite. "Eine Hälfte von mir möchte sich Gott nähern und die andere sagt, dass ich ein Jammerlappen bin, wenn ich es tue. Wenn ich nur wüsste, wer Recht hat - Horst oder der Pfarrer. Ich weiß auch nicht, ob Mark wirklich meinte, dass Jesus immer bei ihm sei."

In dieser Nacht konnte er nicht schlafen. Er zerwühlte sein Kissen und trat und schlug aus lauter Verzweiflung um sich. Doch als er sich am nächsten Morgen anzog, wusste er, was er zu tun hatte.

"Ich werde Mark fragen", dachte er. "Ich vertraue ihm auf alle Fälle mehr als Horst."

Heftig bürstete er sein langes, strähniges Haar mit der alten, silbernen Haarbürste, die er schon immer benutzt hatte. Plötzlich bekam er die Inizialen zu Gesicht, die in das Silber des Griffes eingraviert waren - S. M. -, und auf einmal wusste er, wer Sylvia Mohr gewesen war.

Kapitel 11

Ein neuer Freund

"Ich weiß nicht, was ich zu dir sagen soll. Du bist ein Wunderkind!", sagte Mark und schaute sich noch einmal die Zielscheibe an, die mit Franks Pfeilen gespickt war. "Du hast ein erstaunlich gutes Auge!"

Sie hatten den ganzen Tag über auf dem Feld hinter dem Pfarrhaus bis zur Erschöpfung geübt. Frank hatte bald herausgefunden, dass er durch den ausschließlichen Gebrauch der rechten Hand in seinem rechten Arm eine Kraft entwickelt hatte, die die meisten Jungen seines Alters nicht besaßen.

Mark war sehr stolz auf seine Fortschritte und als sie sich zur Rast in den Schatten niederwarfen, sagte er: "Ich kann es nicht erwarten, Horsts Gesicht zu sehen, wenn er merkt, dass du beim Wettbewerb gegen ihn antrittst."

"Ja", lachte Frank, "und auch Herr Klaar wird einen schönen Schock bekommen. Er organisiert alles, weißt du. Ich werde so aufgeregt sein, dass ich vermutlich in die falsche Richtung ziele und ihn ins Herz schieße."

"Das wäre etwas!", lachte Mark. "Er sieht sowieso so verschimmelt und muffig aus."

"Mark, kann ich dich etwas fragen?" Plötzlich war Frank sehr befangen und verlegen.

"Frag mich alles, was du willst, nur nicht nach Französisch oder Mathematik", sagte Mark und verschränkte die Hände hinter dem Kopf.

"War das dein Ernst, als du sangst, dass Jesus immer bei dir sei?"

"Das kannst du aber glauben!", rief Mark aus und richtete sich mit einem Ruck auf. "Wir singen dieses Lied sehr oft in unserer christlichen Schülergruppe."

"Dann meinst du nicht, dass Menschen, die sich mit Gott beschäftigen, Jammerlappen seien?" Die Antwort, auf die Frank jetzt wartete, war so wichtig für ihn, dass sich seine Fingernägel fest in die Handflächen bohrten.

"Nein, so etwas kann man nur denken, wenn man nicht ins Internat geht. Dort können Christen einfach keine Jammerlappen sein!"

"Du meinst also, es gebe Jungen in unserem Alter, die ein Interesse an Gott haben - nicht nur alte Leute und Pfarrer?" Wenn ihm nicht seine Hände so weh getan hätten, hätte Frank das alles für einen Traum gehalten.

"Meine Güte, nein!", antwortete Mark mit seiner üblichen Bestimmtheit. "Wie bist du nur auf diese Idee gekommen? Es kommt bestimmt daher, dass du auf dem Lande wohnst. In Glasstadt, wo wir früher wohnten, waren die meisten Leute in Onks Kirche jung. Weißt du, es ist so eine tolle Sache, wenn man Christ wird! Man hat etwas, wofür man leben und auch kämpfen kann. Es ist allerdings nicht leicht, Christ zu sein. Ich glaube, deshalb findet die Sache so großen Anklang bei jungen Leuten. Man wird heute nicht mehr den Löwen vorgeworfen, aber dafür wird man ausgelacht. Davon kann ich dir ein Lied singen!"

"Bist du schon immer Christ?", fragte Frank. Er wollte Mark so lange fragen, bis er alles wusste, was er wissen musste.

"Nein. Als ich vor vier Jahren das erste Mal in das Internat kam, langweilte mich alles nur. Mein Vater war gerade gestorben und wir mussten bei Onk wohnen. Da wollte ich nichts mit Gott zu tun haben. An unserer Schule gab es aber damals ungefähr zehn Jungen, die Christen waren. Wir machten uns einen Riesenspaß daraus, sie zu hänseln und aufzuziehen und sie in jeder möglichen Weise zu beschimpfen. Aber eines Tages kam ein Pilot an die Schule und sprach in der Kapelle. Das war ein toller Kerl; er flog jeden Tag einen großen Linienvogel nach Amerika. Na, jedenfalls erzählte er uns, wie er immer die anderen in der Pilotenschule ausgelacht hatte, weil sie Christen waren. Doch eines Tages wurde ihm bewusst, dass sie etwas besaßen, was er nicht hatte. Das wünschte er sich so, dass auch er Christ wurde. Nachdem er gesprochen hatte, unterhielt ich mich mit ihm, und dann ging ich weg und schloss mich im Badezimmer ein. Ich kniete neben der Badewanne nieder und wurde Christ. Einige der anderen Jungen lachten uns immer noch aus, aber ich glaube, sie waren nur neidisch, denn viele von ihnen sind seither Christen geworden und haben mir das erzählt."

Ein langes Schweigen folgte, während Frank mit der Feder eines seiner Pfeile herumspielte. Er hätte Mark gern alles über die Bibel erzählt und darüber, wie er Jesus Christus gespürt hatte, aber er konnte einfach nicht damit anfangen.

Schließlich fing Mark an zu sprechen. "Herr Michel hat mir von deinem Vater erzählt", sagte er mit einer für ihn seltsam ruhigen Stimme. "Ich meine, davon, dass er Gott hasste. Bestimmt fühlst du auch so. Bestimmt verachtest du mich auch, weil ich Christ bin", fügte er hinzu und sah zum ersten Mal in seinem Leben sehr schüchtern aus.

"Oh nein!", sagte Frank erschreckt. Dann fiel die letzte Schranke seiner Zurückhaltung, und aus ihm heraus sprudelte die ganze Geschichte mit der Bibel. "Dann hat mich eines Tages Horst beim Lesen überrascht", schloss er. "Er sagte, dass nur Schwächlinge die Bibel lesen und nahm sie mit, als er wegging. So habe ich nie erfahren können, wie die Geschichte ausging. Was geschah, nachdem Jesus auf dem Berg gestorben war?"

"Oh, du hast das beste Stück verpasst", antwortete Mark wieder in seiner üblichen aufgelassenen und begeisterten Art. "Er stand danach wieder von den Toten auf."

"Und dann rächte er sich an allen?", wollte Frank wissen.

"Nein, er ist absichtlich gestorben; das war alles schon vorher geplant. Weißt du, er kam nicht einfach auf die Erde, um ein paar Kranke zu heilen und einige Geschichten zu erzählen. Er kam herab, um an unserer Stelle bestraft zu werden."

Jetzt war Frank völlig verwirrt. "Was soll denn das heißen?", fragte er.

"Nun, das ist ziemlich schwierig zu erklären", erwiderte Mark mit gerunzelter Stirn. "Nur so kluge Leute wie Onk können es ganz richtig darlegen, aber ich glaube, die Sache verhält sich so: Gott wollte, dass wir mit ihm zusammen wären wie mit einem Freund und dann nach unserem Tode zu ihm gingen und mit ihm lebten. Aber es wurden alle von ihm getrennt, weil wir seine Regeln nicht einhalten konnten. Weißt du, die zehn Gebote, die davon sprechen, dass man nicht stehlen und lügen soll und davon, dass man andere Menschen mehr lieben soll als sich selbst. Nun konnte sie niemand jemals halten und sobald man nur eines übertrat, war man von Gott getrennt. Die Strafe dafür war der Tod. Gott hat uns alle aber so lieb, dass er es nicht ertragen kann, wenn wir nicht bei ihm sind."

"Warum hat er denn dann nicht allen Menschen vergeben und ihnen wieder gestattet, bei ihm zu sein?"

"Das konnte er nicht so einfach tun. Der Direktor einer

Schule muss ja auch darauf achten, dass die Schulordnung eingehalten wird, sonst hat niemand mehr vor ihm Respekt. So ähnlich muss Gott gedacht haben und deshalb musste er jemanden finden, der nie seine Gebote verletzt hatte und bereit war, anstelle aller anderen bestraft zu werden. Darum kam Jesus - um an unserer Stelle zu sterben."

Wieder herrschte eine lange Pause, in der Frank das Gehörte durchdachte. Dann fragte er: "Es ist also jeder mit Gott in Verbindung und alle kommen in den Himmel, selbst Vater und Horst?"

"Nein, ganz so ist es nicht", antwortete Mark und sein Gesicht war vor Konzentration ganz rot. "Nicht jeder möchte mit Gott in Verbindung sein. Jesus hat den Weg gebahnt, aber man muss diesen Weg ganz bewusst gehen. Man muss Gott bitten, in sein Leben zu kommen und bereit sein, sein Leben unter Gottes Kontrolle zu führen. In dem Augenblick fängt man an, Christ zu sein. Christsein bedeutet, dass Christus in einem ist." Mark schwieg und schnappte nach Luft. Er war durch die vielen Erklärungen ganz außer Atem gekommen.

"Muss man das im Badezimmer tun, wie du es getan hast?", fragte Frank.

"Nein", lachte Mark. "Das kannst du überall tun und zu jeder Zeit."

"Dann will ich es hier und jetzt tun", sagte Frank, der sich immer schnell und bestimmt entschied. "Darauf habe ich monatelang gewartet und eher will ich sterben, als noch eine Minute länger warten."

So kniete Frank im Gras neben der Zielscheibe nieder und wurde Christ. Er sagte Gott, dass er seine Gebote übertreten habe und eigentlich den Tod verdiene. "Aber", fügte er hinzu, "ich weiß, dass Jesus für mich starb, und deshalb würde ich sehr gern den Weg gehen, den er für mich gebahnt hat und näher zu dir kommen. Bitte, lass Jesus kommen und in mir leben. Danke."

Er stand auf und strahlte über das ganze Gesicht. "Stell dir vor, ich habe richtig mit Gott gesprochen", sagte er.

"Komm", rief Mark, "wir wollen es Mutti und Onk sagen."

‚Onk' kroch unter dem Auto hervor, schüttelte Franks Hand mit seiner enormen Pranke und warf dann vor Freude die Handkurbel des Wagens in die Luft.

"Es gibt nichts Schöneres, als wenn jemand Christ wird", sagte er. Die schöne Frau sagte, sie habe den ganzen Tag lang für Frank gebetet. "Ich habe irgendwie gespürt, dass du Gott suchtest."

Dann setzten sich alle hin und aßen Butterbrote, obwohl es noch gar nicht Zeit für das Abendessen war. Frank hoffte, der Tag ginge nie zu Ende.

"Mark, komm einmal kurz mit hinaus; ich möchte das Auto aufbocken", sagte der Pfarrer. Er stellte die Tasse hin und lief mit einem Brot in der Hand aus der Küche.

"Darf ich Ihnen beim Abwaschen helfen, Frau Tanner?", fragte Frank, der gar nicht mehr so scheu wie sonst war. "Ich kann das sehr gut", fügte er mit einem Lächeln hinzu.

"Das ist mehr, als man von Mark behaupten kann", lachte dessen Mutter. "Er zerbricht mehr Porzellan als er abtrocknet."

"Ich glaube, ich weiß jetzt, woher ich den Namen Sylvia Mohr kenne", sagte Frank, während sie arbeiteten.

"Wirklich?" Frau Tanner drehte sich schnell vom Spülstein um. "Kennst du sie?"

"Eigentlich nicht. Ich kenne sie nicht persönlich, aber sie war meine Mutter."

Frau Tanner ließ fast die Kaffeekanne fallen. Nach einer ganzen Weile sagte sie:

"Wie kommt es, dass du ihren Namen noch nicht früher gekannt hast?"

"Wissen Sie, Mutter starb, als ich noch ein Baby war. Vater war so traurig, dass er mir gegenüber nie von ihr spricht."

Die schöne Frau setzte sich schwer auf einen Küchenstuhl und war blass vor Mitleid.

"Es tut mir so sehr leid", sagte sie. "Das wusste ich nicht. Als wir in diese Gegend zogen, hoffte ich, sie wiederzusehen. Sie war die Art von Mensch, die man nicht wieder vergisst. Ich wusste noch nicht einmal, dass sie verheiratet war. Mark hat mir nie deinen Nachnamen gesagt; wie heißt du übrigens mit Nachnamen?"

"Schäfer", antwortete Frank. "Ich bin Robert Schäfers Sohn."

Wieder war es ganz still in der Küche. Dann sagte Frau Tanner mit merkwürdig gepressten Stimme: "Sie hat also schließlich doch Robert geheiratet."

"Kannten Sie denn auch meinen Vater?", fragte Frank ungläubig.

"Oh ja; Robert Schäfer war unser Idol. Wir sagten beide, dass wir ihn eines Tages heiraten würden. Er war ungefähr siebzehn, als wir erst neun waren, und er war groß, liebenswürdig und freundlich. Ich bin froh, dass du so einen Vater hast."

Dann hielt sie inne und runzelte verwundert die Stirn. "Wie kommt es, dass dir Mark sagen musste, wie man Christ wird? Dein Vater muss dir doch längst davon erzählt haben. Er hat immer über sein Christentum gesprochen und über seine wunderbare Großmutter und ihre Bibel. Durch ihn bin ich auch in jenem Sommer überhaupt erst dazu gekommen, Gott in mein Leben einzulassen. Er muss doch heute viel für Gott tun."

Frank scharrte mit den Füßen und sah sehr verlegen aus.

"Ja, wissen Sie", begann er. "Vater erlebte in seinem Leben so viel Unglück, dass er sagte, Gott habe sich gegen ihn gewandt. Deshalb hasste er jetzt Gott und er wäre sehr ärgerlich, wenn er wüsste, dass ich heute Christ geworden bin."

In diesem Augenblick stürmte Mark wieder ins Zimmer und es gab keine weitere Gelegenheit zur Unterhaltung. Als Frank an diesem Abend nach Hause gehen musste, kam der Pfarrer hinter ihm hergelaufen mit einer wunderschönen Bibel in der Hand.

"Hier, mein Junge, nimm das", sagte er. "Es ist die gleiche, die ich Mark gab. Lies jeden Tag darin, damit du Gott besser kennen lernst, und sprich mit ihm, so viel du willst."

Frank ging heim in einem Taumel des Glücks. Der großE, gewaltige, mächtige Gott wollte ihm - Frank - erlauben, immer mit ihm zu sprechen. Und derselbe Gott versprach ihm, bei ihm zu sein und niemals wieder fortzugehen.

Als er die Straße entlangging, kam er sich vor, als sei er sechs Meter groß und bärenstark. Er grinste über das ganze Gesicht, aber das Grinsen verging ihm sehr schnell, als er um die nächste Ecke bog. Da stand nämlich die ganze Bande vor Herrn Michels Laden und schaute Horst zu, wie er ein Eis leckte. Sofort versuchte Frank, die neue Bibel unter seiner Jacke zu verstecken, um in Sicherheit weitergehen zu können. Da geschah etwas Seltsames - irgendetwas klickte in Franks Kopf und blitzartig kam ihm zu Bewusstsein, dass er nicht mehr der scheue, kleine Frank war, den die anderen kannten. In ihm und um ihn war Gott. So zog er die Bibel hervor und marschierte auf die Gruppe zu. Er sah so verändert aus, wie er da entlangkam und das Buch wie ein Schwert schwang, dass ihn zuerst alle nur anstarrten. Dann erholte sich Horst von seiner Überraschung, nahm das Eis aus dem Mund und fragte gedehnt: "Was hast du denn da, du Baby?"

"Eine neue Bibel", antwortete Frank ganz offen und ohne Scheu.

"Ich dachte, ich hätte dir ein für allemal klargemacht, dass heute niemand mehr die Bibel liest", war Horsts herablassende Bemerkung.

"Ja", antwortete Frank mit hocherhobenem Kopf, "das hast du mir allerdings erzählt, aber du hattest nicht Recht. Es wird Zeit, dass du den modernen Tatsachen ins Auge schaust. Du bist einfach altmodisch. Das kommt wahrscheinlich daher, dass du auf dem Lande wohnst", fügte er freundlich hinzu.

Horst öffnete vor Überraschung den Mund wie ein Goldfisch und auch die anderen konnten nur dastehen und Frank anstarren. Das war nicht der Frank, den sie kannten. Was war bloß mit ihm geschehen?

Weil es ihnen allen die Sprache verschlagen hatte, redete Frank weiter. Die ratlosen Mienen machten ihm riesigen

Spaß. "Diese Bibel habe ich vom Pfarrer bekommen", sagte er. "Mark hat genau die gleiche."

"Liest er in der Bibel?", fragte Heide erstaunt.

"Natürlich; er ist doch Christ. Das bin ich jetzt auch." Und damit drehte er sich um und ging davon. Jetzt, nach dieser ersten Bewährung, kehrte plötzlich seine übliche Schüchternheit zurück, und er versuchte, schnell aus dem Blickfeld der anderen zu kommen. Er hätte sich bestimmt wohler gefühlt, wenn er die verblüfften Gesichter gesehen hätte, die er zurückließ.

"Wer hätte das gedacht!", schnaufte Sebastian. "Wie der sich plötzlich verteidigt hat! Das habe ich bei ihm noch nie miterlebt!"

"Aber ich finde etwas anderes noch seltsamer", sagte Heide und sprang von ihrem Sitz auf der niedrigen Mauer herunter, "dass nämlich Mark sich für das Christentum interessiert. Wenn er Christ ist, kann doch nicht alles daran so unsinnig und dumm sein", fügte sie hinzu und sah Horst herausfordernd an.

Verächtlich warf Horst den Stiel seines Eises weg und sagte: "Pah! Sie werden beide schon vernünftig werden und aus der Sache herauswachsen. Ich spiele ja heute auch nicht mehr mit meinen Teddybären. Aber ich glaube, Frank könnte sehr schnell damit aufhören, wenn sein Vater etwas davon erführe" und mit einem bösen Lächeln um seinen Mund ging er weg.

Die nächsten paar Tage und Wochen waren ein einziger Wirbel von Aufregung, Glück und Geschäftigkeit. Mark und Frank schienen nicht halb so viel Zeit zu haben wie sie sich wünschten. Tag für Tag übten sie Bogenschießen und mit jedem Tag wurden sie gespannter auf den Wettbewerb. Sie waren jedoch nicht die Einzigen, die sich auf den Jahrmarkt freuten. Alle Leute fieberten dem großen Ereignis entgegen und trafen ihre Vorbereitungen. Für die meisten Bewohner der Gegend war das Fest das größte Ereignis des Jahres, und man wäre lieber gestorben, als dass man sich diesen Spaß hätte entgehen lassen.

Sebastian konnte von nichts anderem als von der Trachtenkapelle reden, die von Egersburg kommen sollte. Robert brachte Stunden damit zu, seinen großen Schäferhund zu striegeln, der für die Hundeausstellung angemeldet war.

Als Mark und Frank eines Nachmittags die Zwillinge und Sebastian bei Herrn Michel trafen, war Sybille ganz außer sich vor Erregung. Sie und Heide waren auserkoren worden, die Jahrmarktskönigin als ‚Gefolge' zu begleiten.

"Wir werden auf ihrem Wagen an der Spitze des Festzuges durch die Stadt fahren und alle werden uns sehen und uns zujubeln", strahlte sie.

"Ja", sagte Heide verdrießlich, "und denk daran, wie schön du aussiehst und was für eine Vogelscheuche ich bin. Ich ertrage das einfach nicht und ich werde nicht gehen."

"Aber du kannst jetzt nicht mehr ‚Nein' sagen!" Sybille war ganz beunruhigt.

"Da sei dir mal nicht so sicher", antwortete Heide düster. "Ich habe schon eine Idee."

"Dieses Jahr gibt es auch einen Kostümwettbewerb", brachte Sebastian mit einer Kaugummiblase hervor. „Robert wird nur daran teilnehmen, wenn er sich als Kuh verkleiden kann. Als was wirst du gehen, Mark?"

"Ich verkleide mich eigentlich nicht gern", antwortete

Mark, "aber vielleicht würde ich zum Spaß Robin Hood spielen."

"Meine Mutter sagt, dass zu mir nur eine Clownsmaske passt", grinste Sebastian. "Ich wäre eigentlich lieber Kaiser Barbarossa, aber sie sagt, dann sähe ich eher aus wie ein Hanswurst."

"Wer wohl in diesem Jahr Jahrmarktskönigin ist", überlegte Frank, als er mit Mark zusammen zum Pfarrhaus ging. "Sie muss nämlich die schönste Frau in der Gegend sein. Ich finde, deine Mutter sollte es sein", fügte er verlegen hinzu.

"Ja, Mutter ist wirklich eine tolle Frau; schade, dass sie für so etwas zu alt ist. Ich mache mir große Sorgen um sie", sagte er plötzlich und das Lächeln verschwand aus seinem Gesicht.

"Warum?", fragte Frank überrascht.

"Sie fühlt sich wegen Onk nicht wohl. Sie meint, wir beanspruchten ihn zu sehr. Er braucht wohl gar keine Haushälterin, weil er selbst sehr gut für sich sorgen kann. Dabei hat er aber nichts dagegen, dass wir bei ihm wohnen. Außerdem hat sie auch ziemliche Geldsorgen. Gestern sagte sie mir, dass sie das Internatsgeld nicht mehr aufbringen könne. Deshalb kann ich im nächsten Schuljahr nicht mehr dorthin zurückgehen. Keiner weiß, was dann aus mir werden soll. Aber das macht nichts", meinte er und sein übliches, breites Grinsen erschien wieder. "Ich zerbreche nur nie lange über eine Sache den Kopf; und wenn ich auf eine gewöhnliche Schule gehe, darf ich mir einen Hund halten."

Am Abend fütterte Frank gerade die Meerschweinchen, als er zufällig ein Gespräch mitanhörte, das Adalbert mit dem Vater führte.

"Es gefällt mir nicht", sagte Adalbert nervös. "Ich weiß nicht, was ich damit anfangen soll und kann nachts kaum schlafen."

Frank spitzte die Ohren, weil er irgendein Geheimnis witterte. Adalberts Stimme hatte so einen merkwürdigen Unterton, der ihn nervös machte.

"Ich habe ganz bestimmt nachts etwas herumschleichen hören", sagte der Vater, "und manchmal fühle ich mich auch beobachtet, wenn ich auf dem Feld bin."

"Ja", pflichtete ihm Adalbert bei, "und einige Male habe ich morgens frische Fußspuren auf dem Hof und um die Nebengebäude herum entdeckt. Es ist jammerschade, dass die Hunde nicht lauter bellen, aber sie waren ja schon immer keine guten Wachhunde."

"Wenn es so weitergeht", fuhr der Vater fort, "hole ich noch die Polizei. Aber erzähle Frank nichts davon; ich möchte nicht, dass er sich erschreckt."

"Als ob ich Angst hätte!", dachte frank spöttisch. Als er aber in dieser Nacht aufwachte und gedämpfte Fußtritte um das Haus schleichen hörte, zog er sich die Decke über den Kopf und wünschte, er hätte die Unterhaltung nicht mitangehört!

Eines Tages kam wie aus heiterem Himmel die Ankündigung des Pfarrers, dass er freitags abends einen Klub für Zehn- bis Fünfzehnjährige aufmachen wollte.

Wenn der Pfarrer etwas sagte, dann wurde es auch immer sofort ausgeführt.

Am folgenden Freitag schienen alle Jungen und Mädchen dieses Alters versammelt zu sein, denn, wie Sebastian sagte: "Man probiert alles einmal, wenn es dabei warme Würstchen gibt."

Sie spielten Räuber und Gendarm und versuchten sich im Bogenschießen.

Als sie sich ausgetobt hatten und es anfing, dunkel zu werden, setzten sie sich alle auf dem Rasen nieder und aßen warme Würstchen. Sebastian war ja eigens deshalb gekommen. Dazu gab es Limonade und der Pfarrer erzählte ihnen von Jesus Christus.

Niemand spottete und lachte jetzt mehr über das Christentum. Alle dachten ernsthaft darüber nach und bald gingen alle jeden Sonntag zur Kirche. Alle hörten zu, wenn der Pfarrer sprach - außer Horst, der sich weigerte, zum Klub zu kommen oder in die Kirche zu gehen. Alles war bei ihm in diesem Sommer schief gegangen. Zuerst war er bei der Aufnahmeprüfung für die Höhere Schule durchgefallen; dann hatte er entdecken müssen, dass er nicht mehr der beliebteste Junge der ganzen Gegend war, und jetzt, wo alle nur noch zusammen mit Frank und Mark zu finden waren, kümmerte sich niemand mehr um ihn.

"Macht nichts", sagte er mit einem befriedigten Lächeln, als er sie alle im Garten des Pfarrhauses Kricket spielen sah. "Wenn ich in das große Internat komme, auf das mich mein Vater schicken will, dann werden mich dort wenigstens die Leute anerkennen." Und er stolzierte davon, in seiner Einbildung schon Schulsprecher und Kapitän der Sportmannschaft.

"Auf alle Fälle", dachte er, als er die auf dem Feld hinter dem Pfarrhaus aufgestellten Zielscheiben sah, "auf alle Fälle werde ich sie alle beim Bogenschießen besiegen."

Kapitel 12

tProbleme über Probleme

Aus dem Geschirrstall kam ein schrecklicher Lärm. Frank hörte ihn schon, als er in der Hintertür stand. Er humpelte über den Hof, so schnell er konnte. Was war da bloß los? Als er die Tür öffnete und hineinstürzte, sah er die Bescherung. Peter und Tian kämpften miteinander, als ob es um Leben oder Tod ginge. Sie sahen so wütend und gefährlich aus wie ein paar bissige Hunde. Ihr Fell sträubte sich, die Augen blitzten, und aus den Kehlen drangen schnatternde Laute.

"Adalbert, Adalbert, komm schnell!", schrie Frank und öffnete den Käfig, um die beiden Streithähne zu trennen.

Adalbert kam herbeigehastet und packte Tian, während Frank den zitternden Peter fest hielt und ihm das Blut vom Fell wischte.

"Ich glaube nicht, dass sie ernsthaft verletzt sind", sagte Adalbert nach einer sorgfältigen Untersuchung, "aber ich schäme mich wirklich für dich, mein Junge. Du kommst aus einer Bauernfamilie und solltest doch darüber wirklich besser Bescheid wissen."

"Was meinst du denn damit?", fragte Frank überrascht.

"Na, dieser kleine braune Bursche ist doch kein Baby mehr; er ist voll ausgewachsen. Du kannst nicht zwei Bullen in einer Herde Kühe halten oder zwei Böcke in einer Schafherde zusammen lassen, und bei Meerschweinchen ist es genauso."

Damit watschelte er fort und Frank suchte schnell eine Holzkiste, um Tian hineinzusetzen.

"Hier musst du jetzt allein wohnen, wenn du so streitsüchtig bist", schimpfte er das Tier.

Aber Tian kauerte sich so reumütig und traurig in einer Ecke zusammen, dass Frank sich erweichen ließ. "Ich werde Sara bei dir hineinsetzen, dann könnt ihr zusammen wohnen. Vielleicht spanne ich sogar ein wenig Maschendraht auf die Vorderseite, damit ihr es richtig gemütlich habt."

Bevor jedoch viel Zeit vergangen war, gab es eine weitere Überraschung im Geschirrstall. Basti schien dagegen zu protestieren, dass man ihr Sohn und Tochter genommen hatte und brachte sechs weitere Junge zur Welt, die fast alle Peter aufs Haar glichen.

"Komm und sieh dir das an!", rief Frank, als der Vater an diesem Abend den Hof betrat. Er hielt die Mistgabel noch in der Hand und die Hunde folgten ihm auf den Fersen.

"Du meine Güte!", rief er aus, als er die wachsende Kolonie erblickte. "Mit einem hast du angefangen und jetzt hast du schon elf. Wenn das so weitergeht, wird gegen Ende des Jahres kein Platz mehr für die Kühe auf dem Hof sein! Weißt du, du musst mindestens zwei der älteren Jungtiere verkaufen."

Traurig streichelte Frank Tians seidiges Fell. "Wenn ich sie dieser scheußlichen Zoohandlung verkaufe, kommen sie vielleicht in eine schlechte Familie und sind unglücklich."

"Na, dann gib sie doch einem deiner Freunde", schlug der Vater vor.

"Das ist wirklich eine gute Idee", antwortete Frank, "und

ich weiß auch schon, wer sie bekommen soll. Sebastian hat sie sich schon immer gewünscht."

Als er am nächsten Tag Sebastian von seinem Vorhaben erzählte, war der so begeistert, dass er in Herrn Michels Laden so lange auf und ab sprang, bis er einen ganzen Stapel Erbsenkonserven umwarf und alles mit großem Getöse zu Boden stürzte.

"Sie werden sich vermehren und vermehren, und ich werde Hunderte von ihnen haben", keuchte er und sammelte die Dosen auf. "Wenn dann meine Cousins kommen, werden sie gelb vor Neid! Ich laufe gleich nach Hause und bespreche es mit meiner Mutter."

Zwei Stunden später kam er auf den Hof mit einem Gesicht wie eine Woche Regenwetter. "Meine Mutter sagt, ich darf sie nicht annehmen", brummte er missmutig.

"Aber warum denn nicht?", erkundigte sich Frank. "Sie riechen nicht und sind furchtbar einfach zu füttern."

"Es hat damit nichts zu tun", sagte er. "Aber Mutter ist irgendwie komisch. Nur weil wir nicht so viel Geld haben, denkt sie, dass uns alle Leute verachten. Deshalb will sie nichts annehmen, was man uns schenkt. Sie meint, alle Leute auf Schwarzeneck seien stolz, weil der Hof euch schon seit Jahrzehnten gehört." Verdrießlich schwieg Sebastian und setzte sich niedergeschlagen auf die Kante von Franks Bett.

"Warum willst du sie mir dann nicht abkaufen?", schlug Frank vor.

"Das geht auch nicht; sie weiß, dass ich keinen Pfennig Geld habe. Ach, wie gern ich diese Meerschweinchen gehabt hätte!" Er seufzte tief und blies eine große Kaugummiblase.

"Ich werde sie einfach nicht los", sagte Frank zu seinem Vater beim Abendessen. "Robert sagt, Tiere seien nutzlos, wenn sie nicht für einen arbeiten oder wenn man sie nicht wenigstens melken oder essen kann. Mark will sich einen Hund anschaffen und die Zwillinge haben Angst, dass die Tierchen beißen. Was soll ich denn jetzt tun?"

"Dann wirst du sie wohl leider doch in die Zoohandlung bringen müssen", sagte der Vater und bestrich trübsinnig ein Hörnchen mit Butter.

"Nein' ich glaube, das würde ich nicht ertragen - lass mir noch eine Woche Zeit und ich werde irgendeine Lösung finden."

"Gut, aber lass dir bald was einfallen, mein Sohn", sagte der Vater und schob den leeren Teller weg. "Ich habe keine Lust, eine Meerschweinchenfarm aufzumachen."

Als Frank später allein in der Küche abwusch, fühlte er sich sehr elend. In letzter Zeit hatte es zwischen ihm und Vater überhaupt nicht mehr geklappt. Beide waren sie scheu und zurückhaltend und waren doch immer ein Herz und eine Seele gewesen. Doch seit Frank Christ war, war irgendetwas zwischen sie getreten, und er fühlte sich oft in Gegenwart seines Vaters verlegen. Drei Sonntage hintereinander war er in der Kirche gewesen und er wohnte praktisch im Pfarrhaus. Es war nur noch eine Frage der Zeit, wann der Vater alles herausfinden würde.

"Und dann wird er es mir wahrscheinlich verbieten. Oder wird er ...?" Frank hielt einen Augenblick in seiner Beschäftigung inne und stellte die Tasse hin. "Oder wird er ...?", wiederholte er hoffnungsvoll.

Plötzlich erblickte er sich in dem Spiegel, der ihm gegenüber an der Wand hing, und er erkannte sich kaum wieder. Verschwunden war der schüchterne, furchtsame kleine Frank, den er so lange gekannt hatte, und ein neuer Junge starrte ihn an. Sein Kopf war hocherhoben und sein Gesicht zeigte einen neuen Ausdruck, ein stilles Selbstvertrauen.

"Ich gehöre Gott", sagte er sich laut in der Stille der Küche, "und er hat mir versprochen, immer bei mir zu sein. Deshalb kann mich Vater nicht hindern, das zu tun, was Gott von mir will. Gott ist mir wichtiger als alles andere im Leben."

Damit warf er das Geschirrtuch hin und stürmte in Richtung Pfarrhaus, denn es war Freitag, und er wollte nicht zu spät zum Klub kommen.

Es war eine Woche vor Beginn des Jahrmarktes und alle waren gespannt darauf. Sie unterhielten sich über ihre Kostüme und rätselten, welche Jahrmarktsattraktionen wohl vertreten sein würden. Die größte Anziehung übte jedoch auf alle das Bogenschießen aus.

"Bestimmt wird wieder das Bild des Siegers wie im letzten Jahr in der Zeitung erscheinen", sagte Heide, die als einziges Mädchen aus der Dorfschule am Wettbewerb teilnahm.

"Das glaube ich auch", sagte Sebastian, der zusammen mit Robert die Chromteile am Auto des Pfarrers blank putzte. "Ich wollte schon immer gern mein Bild in der Zeitung sehen, aber ich weiß, dass ich nicht gewinnen kann."

"Wir wollen abwarten", brummte Robert. "Keiner von uns kann es mit Horst aufnehmen. Er wird sicher gewinnen, wenn nicht einer der Jungen aus Dilfingen ihn schlagen kann." Im Stillen war Robert jedoch so erpicht darauf, selbst Horst zu schlagen, dass er seinen geliebten Hof vernachlässigte und wie wild trainierte.

"Armer Frank", sagte Heide freundlich. "Es muss schrecklich für dich sein, nicht mit uns anderen am Wettbewerb teilnehmen zu können."

Frank lächelte nur leise und antwortete: "Vielleicht erlebt ihr eines Tages eine Überraschung."

Alle sahen ihn neugierig an, aber mehr wollte er nicht sagen.

"Macht nichts", sagte Sebastian und verschüttete das Chromglanzmittel überall hin. "Du kannst dafür am Kostümwettbewerb teilnehmen. Wie verkleidest du dich denn?"

"Oh, ich werde mich von oben bis unten mit brauner Farbe beschmieren, mich in ein Tischtuch wickeln und als afrikanischer Häuptling gehen", lachte Frank. Als er fortging, hörte er gerade noch, wie Sebastian zu Robert sagte: "Was meinst du, was seit einiger Zeit mit Frank los ist? Er ist nicht mehr wiederzuerkennen, nicht wahr? Immer war er so schüchtern und still, aber jetzt lacht und spricht er mit jedem."

"Es muss mit seinem Christentum zu tun haben", antwortete Robert und polierte wie ein Wilder. "Dahinter steckt mehr, als es den Anschein hat, auch wenn Horst das Gegenteil behauptet."

Als an diesem Abend der Pfarrer anfing zu sprechen, versammelten sich alle um ihn. Er langweilte sie nie und sprach nie zu lange. Dafür wussten sie, dass jedes Einzelne seiner Worte etwas zu sagen hatte.

"Es gibt nur etwas im Leben, das zählt", sagte er, während die Schatten länger wurden und der Duft der Blumen die Luft im Garten erfüllte. "Wenn man Gott findet und ihn kennen lernt, dann hat man alles. Wenn ihr das erlebt und in allem anderen versagt, ist euer Leben immer noch viel wertvoller, als wenn ihr in allem anderen Erfolg habt und doch Gott nicht kennt."

Angestrengt lauschend kniete Frank im Gras. Er wollte jedes Wort des Pfarrers hören. Irgendwie hatte er das Gefühl, in den meisten Dingen seines Lebens versagt zu haben, aber das zählte nicht, denn er war ja mit Gott in Verbindung.

Es wurde schon langsam dunkel, als Frank durch den Wald nach Hause ging. Er freute sich noch immer, wenn er an die Unterhaltung zwischen Sebastian und Robert dachte, die er mitangehört hatte. Diese Freude fand ein jähes Ende, als er zu Hause die Tür öffnete und in die dunkle Küche trat.

Der Vater stand in der Mitte des Raumes und kochte vor Wut. "Wie kannst du es wagen!", stieß er leise mit bebender Stimme hervor. "Dein Freund Horst war gerade hier und hat mir einiges über dich erzählt." Krachend fuhr seine Faust auf den Tisch nieder, dass jede Tasse im Schrank klirrte.

"Immer habe ich dir verboten, etwas mit Gott zu tun zu haben. Und was musst du tun? Zur Kirche rennen und den ganzen Tag im Pfarrhaus herumlungern. Du widersetzt dich willentlich deinem Vater! Wie kannst du das wagen, Frank Schäfer! Wie kannst du das nur wagen!"

Sein Gesicht war leichenblass vor Zorn und er zitterte am ganzen Körper. Frank hatte ihn noch nie so böse gesehen und es erforderte seinen ganzen neugewonnenen Mut, sich nicht umzudrehen und aus dem Zimmer zu laufen.

Plötzlich ergriff der Vater einen Stuhl und schleuderte ihn quer durch den ganzen Raum. "Lässt Gott mich denn niemals in Ruhe?", schluchzte er fast. "Ich habe versucht, ihn aus meinem Leben und meinem Haus auszuschließen, aber er hört nicht auf, mich zu verfolgen. Ich finde keinen Frieden. Jetzt hör mir gut zu!", schrie er und ging auf Frank zu. "Du wirst mir hier und jetzt versprechen, dass du nichts mehr mit Gott und der Kirche und dem Pfarrer zu tun haben willst! Hast du mich verstanden?"

Franks Herz klopfte zum Zerspringen, aber er antwortete ruhig und fest: "Es tut mir leid, Vater, aber das kann ich dir nicht versprechen. Gott ist mir zu wichtig, als dass ich ihn jemals aufgeben könnte." „So, das genügt!", brüllte der Vater und wollte seinen Sohn packen, aber Frank hielt Vorsicht für den besseren Teil der Tapferkeit, sprang zur Hintertür und war in Sicherheit. Diese Nacht schlief er im Geschirrstall bei den Meerschweinchen und am nächsten Morgen machte er sich in aller Frühe auf den Weg zum Pfarrhaus.

Als sein Vater an diesem Morgen sein Frühstück zubereitete, geschah etwas sehr Seltsames. Er rührte gerade den Haferbrei um, als er schnelle Schritte über den Hof kommen hörte. Die Tür wurde aufgerissen und eine Stimme fragte: "Wie konntest du nur!"

Er drehte sich um und sah sich der ärgerlichsten Frau gegenüber, die er jemals gesehen hatte. Stocksteif stand er da, in der einen Hand den Kochtopf, in der anderen den Holzlöffel, und wagte kaum, sich zu bewegen. Es kam ihm vor, als sei er von einer ganzen Armee angegriffen worden.

"Wie du dich verändert hast!", sagte Marks Mutter mit einer seltsam rauen Stimme.

"Entschuldigen Sie", sagte der Vater betroffen, "ich glaube, wir haben uns noch nie ..."

"Doch, wir haben uns schon einmal gesehen; ich bin das Mädchen mit dem Pferdeschwanz, dem du beibrachtest, auf deinem Esel zu reiten." Als sie merkte, wie der Vater sich zu erinnern begann, fuhr sie ärgerlich fort: "Wie konntest du das nur Sylvias Sohn antun? Hast du vergessen, was die Bibel von den Menschen sagt, die Kinder daran hindern, zu Gott zu kommen? Es heißt, dass es besser für sie wäre, wenn ein Mühlstein um ihren Hals gehängt würde und sie ins Meer geworfen würden. Erinnerst du dich jetzt daran? Du kanntest doch die Bibel so gut! Ich habe von dir gehört, Robert Schäfer, und ich glaube, du findest noch Gefallen an deinem Elend."

"Jeder Mensch würde sich elend fühlen, wenn er das Unglück miterlebt hätte, das ich erlebt habe", warf der Vater ein und versuchte verzweifelt, sich zu verteidigen.

"Jeder Mensch erfährt irgendwann in seinem Leben Unglück", erwiderte die kleine Frau. "Bei dir kam nur alles auf einmal und dafür kannst du Gott nicht verantwortlich machen."

"Du weißt ja gar nicht, worüber du redest", sagte der Vater und versuchte immer noch, sich zu rechtfertigen. "Was kann eine Frau wie du von wirklichem Leid verstehen!"

"Eine ganze Menge", war die Antwort. "Vor vier Jahren habe ich meinen Mann und zwei kleine Töchter bei einem Autounfall verloren. Ich habe mich deshalb nicht gegen Gott gewandt; ich hätte ohne seine Hilfe in jener Zeit überhaupt nicht durchhalten können. Du hast es zugelassen, dass das Unglück dein Leben ruinierte, und jetzt willst du auch das Leben deines Sohnes ruinieren; aber ich werde dich daran hindern!"

"Wie denn?", fragte der Vater neugierig, während sein Gesicht einen überraschten Ausdruck zeigte

"Ich werde für dich beten", sagte die schöne Frau und ging

aus der Küche. Franks Vater stand da und starrte hinter ihr her.

Als zehn Minuten später Frank ängstlich in die Küche schlüpfte, stand er immer noch da, den Kochtopf in der einen, den Holzlöffel in der anderen Hand, und sein Gesicht zeigte immer noch den Ausdruck der Überraschung.

Er sagte kein Wort, als Frank am Sonntag zur Kirche ging. Noch Tage danach aß er kaum etwas und ging manchmal gar nicht ins Bett, sondern wanderte ruhelos mit großen Schritten die ganze Nacht lang in der Küche auf und ab. Er sah aus, als ob er etwas suche, und seine Augen verrieten, wie gequält er war.

Kapitel 13

Sebastian und die Blaskapelle

"Oh, Frank, ob du mir wohl helfen kannst?" Unsicher brachte Fräulein Klaar ihren Motorroller zum Stehen. Sie sah sehr verschwitzt und abgehetzt aus. Am letzten Tag vor dem Jahrmarkt hatte sie als Mitglied des Vorbereitungsausschusses noch mindestens tausend Dinge zu erledigen.

"Ich brauche noch einen Preis für meinen Stand auf dem Jahrmarkt. Es soll etwas ziemlich Ungewöhnliches sein, weißt du. Da habe ich mich gefragt, ob du vielleicht einige deiner Meerschweinchen übrig hättest."

"Ich habe tatsächlich gerade zwei übrig", antwortete Frank und dachte dabei an Tian und Sara. Er sah zwar nicht gern, dass sie jemandem gehören sollten, den er nicht kannte, aber der Gedanke, dass sie dem griesgrämigen Mann in der Zoohandlung gehören sollten, entsetzte ihn noch viel mehr. Außerdem war die Woche, die ihm der Vater gewährt hatte, um ein Heim für die Tiere zu finden, inzwischen auf drei Wochen angewachsen. So sagte er: "Ich werde Ihnen die beiden heute Abend bringen."

Fräulein Klaar dankte ihm geistesabwesend und fuhr weiter.

Als Frank mit dem Meerschweinchenkäfig unter dem Arm vor ihrem Haus ankam, traf er Fräulein Klaar und ihren Bruder mitten in der Arbeit an. Sie beluden gerade einen Lastwagen mit allen möglichen Materialien und Ausrüstungsgegenständen, die am nächsten Morgen nach Dilfingen gefahren werden sollten. Herr Klaar beschäftigte sich mit den Zielscheiben, die bei seinem geliebten Bogenschießen verwandt werden sollten. Er lächelte Frank zu und sagte in väterlichem Tonfall: "Kommst du morgen zum Zuschauen? Wir erwarten so viele Bewerber in der Gruppe ‚unter vierzehn', dass wir nicht die bei Wettkämpfen übliche Zahl von Schüssen gestatten können. Wir müssen sie auf zwölf Schüsse aus vierzig Meter und sechs aus dreißig Meter Entfernung beschränken. Aber für mich steht außer Zweifel, wer gewinnen wird", fügte er hinzu und warf einen bezeichnenden Blick auf Horst, der beim Aufladen der Zielscheiben half.

"Junge! Hoffentlich kannst du ihn schlagen, Mark", rief Frank, als sie später am Abend ihr letztes Training hatten. "Ich würde alles darum geben, das zu sehen."

Mark sah nicht ganz überzeugt aus. "Er ist ziemlich gut; ich habe ihn schon schießen sehen", sagte er.

In dieser Nacht war es für Frank fast unmöglich einzuschlafen, so aufgeregt war er. Pfeil und Bogen lagen griffbereit auf dem Boden vor seinem Bett und die braune Farbe für sein Kostüm wartete im Holzschuppen. "Wenn nur jemand Horst schlagen kann", flüsterte er, bevor er schließlich einschlief.

Die ganze Nacht träumte er wirres Zeug. Er schoss im Wettbewerb, aber alle seine Pfeile verwandelten sich in Besenstiele und schossen nach oben und wollten einfach nicht in die Nähe der Zielscheibe fliegen. Schweißgebadet wachte er auf und wünschte, er hätte nie daran gedacht, an irgendetwas teilzunehmen.

Unheimlich ergoss sich das Mondlicht durch das offene Fenster und Frank merkte, dass er heftiges Herzklopfen hatte. Ein Geräusch hatte ihn aufgeweckt und jetzt hörte er es wieder. Im Garten schlich jemand herum.

"Am besten gehe ich zu Vater", dachte er. "Es ist langsam an der Zeit zu wissen, wer dieser Mensch ist."

Er schlüpfte aus dem Bett und schlich auf Zehenspitzen durch das Zimmer, aber auf dem Weg zur Tür kam er am Fenster vorbei. Plötzlich war seine Neugier stärker als seine Angst und hinter den flatternden Vorhängen versteckt, warf er einen schnellen Blick hinaus in den vom Mondlicht beschienenen Garten. Was er sah, ließ ihn vor Schreck erstarren. Dort draußen, in der Wildnis von Urgroßmutters Garten, stand der ‚Hässliche aus dem Wald' und starrte unentwegt zum Haus herüber.

Als ihn Frank beobachtete, verließ ihn plötzlich alle Furcht. Auf dem hässlichen Gesicht des alten Mannes lag ein solcher Ausdruck der Trauer und eines wehmütigen Verlangens, dass es Frank leid getan hätte, wäre er durch die Hunde oder durch die Polizei oder vielleicht sogar durch Vaters Schrotflinte erschreckt worden. Frank kroch ins Bett zurück und schlief bald ein.

Um Punkt ein Uhr kletterten alle in den geräumigen Wagen des Pfarrers, denn er hatte ihnen versprochen, sie auf der Hin- und Rückfahrt mitzunehmen.

"Du musst im Kofferraum fahren", lachte er, als er den von oben bis unten mit brauner Farbe bepinselten Frank sah.

Jeder schüttete sich aus vor Lachen über die Kostüme der anderen und dachte doch insgeheim, das eigene sei das Beste. Sebastian gab einen vorzüglichen Clown ab und Robert roch wenigstens nach Kuh, wenn er auch nicht ganz so aussah.

"Ich habe deinen Bogen zusammen mit meinem im Kofferraum versteckt", flüsterte Mark, "damit sie alle nachher vor Überraschung in Ohnmacht fallen, wenn du am Wettbewerb teilnimmst."

"Alles eingestiegen?", fragte der Pfarrer und kletterte auf den hohen Fahrersitz.

"Nein, die Zwillinge fehlen noch", riefen alle auf einmal.

"Wir können aber nicht viel länger warten, sonst kommen wir zu spät. Oh, da kommt Sybille schon."

Aber es war nicht die übliche, gezierte und schmucke Sybille, die da weinend durch das Tor des Pfarrhauses trottete und die Röcke ihres prachtvollen ‚Hofkleides' raffte.

"Oh nein", schluchzte sie. "Heide hat etwas Schreckliches getan. Sobald wir ein Stück die Straße heruntergegangen und der Mutter aus den Augen waren, holte sie eine Schere hervor und schnitt ihre Haare ab."

In diesem Augenblick kam auch Heide an. Sie lächelte zufrieden. "Jetzt kann mich niemand mehr dazu zwingen, auf diesem blöden Wagen zu fahren", sagte sie. "Nicht mit einer Frisur, die aussieht wie eine Scheuerbürste." Damit zog sie ihr schönes Kleid aus und stand in einem gestreiften Trikot, Shorts, Strümpfen und Fußballstiefeln da. "Ich gehe als Uwe Seeler", kündigte sie an und kletterte in das Auto. "Ich habe schon immer gedacht, dass ich so aussehe wie er."

Als sie auf dem Sportplatz von Dilfingen ankamen, empfing sie eine Atmosphäre wie in einem Bienenkorb. Es gab alle möglichen Stände; Buden, in denen alles nur Vorstellbare verkauft wurde und große und kleine Zelte, in denen alles ausgestellt wurde, was man nur ausstellen konnte. Es gab alles von der Blumen- bis zur Babyschau.

Man stolperte fast über die vielen Eisverkäufer und auf Schritt und Tritt wurden Süßigkeiten und Limonade angeboten.

Alles war um einen freien Platz herum angelegt, auf dem die Jahrmarktskönigin gekrönt werden sollte. Auch die akrobatischen Darbietungen und die sportlichen Veranstaltungen sollten dort stattfinden.

Robert eilte mit seinem Schäferhund der Hundeschau zu und die anderen gingen zum Festzug, der sich schon durch das kleine Städtchen bewegte.

"Ein Glück, dass ich nicht da oben sitze", sagte Heide, als der Wagen der Königin mit der stolzen Sybille und dem übrigen Gefolge vorbeifuhr. "Sie will eines Tages selbst Königin sein und das wird sie vermutlich auch."

Dann kam ein großes, schwarzes Auto mit dem Bürgermeister und Frau von Hahn, die den Jahrmarkt eröffnen sollte. Sie war so dünn, dass sie aussah wie einer der hungernden Flüchtlinge, für die der Erlös des Jahrmarkts bestimmt war.

Hinter diesem fuhren viele phantastisch dekorierte Lastwagen. Einer stellte eine Teekanne dar, ein anderer ein Haus, ein dritter trug ein Bild, auf dem Flüchtlinge zu sehen waren. Ganz zum Schluss kam ein gräulicher Drache.

Die Trachtenkappelle aus Egersburg beschloss den Zug. Die Trommeln wirbelten und die Bänder an den Mützen wehten. Es war ein herrliches Schauspiel und alle drängten auf die Straße, um dem Zug zur Eröffnungsfeier zu folgen, wo Frau Fuhrmanns älteste Tochter zur Königin gekrönt wurde.

Bald war man mitten im Festgeschehen und der Lärm war entsetzlich. Hunde bellten, Babies schrien, die Trompeten schmetterten und über das brüllte die Stimme aus den Lautsprechern hinweg.

"Das Bogenschießen für Erwachsene beginnt jetzt am Schießstand hinter dem Kaffeezelt", dröhnte sie.

"Wir sind noch nicht soweit", sagte Sebastian der kein guter Schütze war. "Wir wollen uns lieber die Buden ansehen."

Zusammen gingen alle los. Als sie an eine Würstchenstand vorbeikamen, trafen sie Herrn Michel. Es war das erste Mal, dass sie ihn außerhalb seines Ladens sahen, deshalb erkannten sie ihn beinahe nicht. Als er sie sah, strahlte er.

"Seht mal her", sagte er stolz, "zwanzig Jahre lang waren mir diese Hosen zu eng, jetzt passen sie; findet ihr nicht, dass ich schlank aussehe?"

Niemand konnte einen Unterschied feststellen, aber alle erzählten ihm, er sähe schon fast wie ein Filmstar aus. Das schmeichelte ihm ungeheuer.

Bald erreichten sie auch Fräulein Klaars Stand und Sebastians Gesicht hellte sich auf, als er die zwei Meerschweinchen erblickte.

"Sind sie ein Preis?", fragte er erstaunt. "Dann muss ich sie gewinnen, um alles in der Welt."

"Es kostet zwanzig Pfennige", sagte Fräulein Klaar fest, aber Sebastian öffnete seine schmutzige Hand und brachte ein Zweimarkstück zum Vorschein.

"Das hat mir mein Vater heute morgen gegeben", gab er stolz bekannt, denn es war der erste Taschengeld, das er je bekommen hatte.

"Die Aufgabe ist sehr schwierig", fuhr Fräulein Klaar fort, die Sebastian nicht leiden konnte. "Wir erwarten nicht, dass es viele Leute schaffen, deshalb sind die Preise so wertvoll." Es war auch schwierig. Ein verbogener und verdrehter Draht hing zwischen zwei Pfosten und war elektrisch mit einer Klinge verbunden. Wer mitspielte, musste den Ring, der an dem Draht hing, in der Hand halten und ihn sorgfältig am Draht entlangführen. Sobald er den Draht berührte, klingelte es laut, und der Spieler war disqualifiziert.

Für sechs fruchtlose Versuche gab Sebastian eine Mark und zwanzig aus. Er war schon den Tränen nahe, als der Lautsprecher zum Preisgericht im Kostümwettbewerb aufrief.

Es gab so viele verschiedene und ausgefallene Kostüme, dass es Frau von Hahn, die Preisrichterin, äußerst schwer hatte.

Aber Horsts Mutter hatte die ganze Nacht nicht geschlafen und hatte ihrem Sohn eine Astronautenausrüstung genäht. Dazu kam eine Goldfischkugel als Helm und mit diesem Kostüm gewann er schließlich. Selbstgefällig stolzierte er zum Schießstand und war absolut sicher, dass er sehr bald einen weiteren Preis gewinnen würde.

"Kommt mit mir zurück", bat Sebastian, "ich muss noch einmal versuchen, die Meerschweinchen zu gewinnen." Er war besessen von dem Gedanken, sie zu besitzen.

Als sie ihm folgten, erblickte Frank einen sehr imposanten Mann mit einem Bart, der sich ernst mit dem Bürgermeister unterhielt. Er zog Mark am Ärmel und flüsterte: "Das da ist der Direktor des Gymnasiums."

"Oh, ich habe in all der Aufregung vergessen, es dir zu erzählen", antwortete Mark. "Mutter war gestern bei ihm in der Sprechstunde und hat mich angemeldet. Im nächsten Schuljahr gehe ich mit dir zusammen dorthin."

In diesem Augenblick fühlte Frank, dass er nicht glücklicher hätte sein können. "Wenn nur Vater hier wäre und beim Bogenschießen zusähe, wurde ich bestimmt vor Glück sterben", dachte er. "Aber er hat natürlich zu viel mit der Ernte zu tun."

Sie hatten Fräulein Klaars Stand erreicht und Sebastian hatte sich schon wieder vor den Draht hingekauert. Sein Gesicht war puterrot vor Konzentration.

Beim ersten Versuch läutete die Glocke schon nach zwanzig Zentimetern und auch der zweite verlief nicht viel besser. Sebastian war todunglücklich.

"Ich habe nur noch zwei Versuche", keuchte er. "Ich weiß einfach nicht, was ich tun soll, wenn ich jetzt nicht gewinne."

Er zahlte seine zwanzig Pfennig und trat wieder an, aber als er die Hälfte der Entfernung geschafft hatte, klingelte es laut.

"Jetzt kommt die allerletzte Gelegenheit", sagte er trübsinnig und wischte sich den Schweiß von der Stirn. Seine Zunge sah ein wenig hervor, als er sich schließlich zum letzten Versuch niederkniete.

Gespanntes Schweigen herrschte um den Stand herum: Niemand wagte zu atmen. Heide biss sich auf die Lippe, bis es blutete, und Robert brach eines der Hörner seines Kuhkostüms ab. Sogar Tian und Sara blickten ängstlich durch das Drahtgeflecht ihres Käfigs.

"Nur noch ein halber Meter", flüsterte, nein hauchte Sebastian. "Über die Knoten und um den Bogen, und ..."

"Buh!", rief Horst plötzlich aus dem Hintergrund. Sebastian zuckte erschreckt zusammen und vernehmlich läutete die Glocke in die Stille hinein.
"Oh, du Biest!", schrie der Unglückliche. "Jetzt habe ich sie endgültig verloren."

"Schade", grinste Horst völlig ungerührt. Dafür kam Heide Sebastian zu Hilfe und sagte: "Bitte Fräulein Klaar, lassen sie es Sebastian noch einmal versuchen; das war nicht fair."

Fräulein Klaar zögerte, denn Horst war ihr Schützling, aber schließlich siegte doch das Gute in ihr. Ziemlich mürrisch sagte sie: "Gut denn, Sebastian, aber beeile dich."

Wieder wurde es mäuschenstill und immer mehr Leute blieben stehen. Sie mochten die Wichtigkeit des Augenblicks spüren. Sebastian keuchte wie Herr Michel, wenn er Inventur machte, und seine Ohren leuchteten im schönsten Rot der Anstrengung.

Zehn Zentimeter, fünf Zentimeter, zwei Zentimeter, einen Zentimeter ... "Geschafft!", schrie er und warf sich flach auf die Erde. Dort strampelte er begeistert mit den Beinen in der Luft, während die Menge klatschte.

"Ich hebe sie dir bis später auf, Sebastian", sagte Fräulein Klaar naserümpfend. "Du kannst sie dann hier abholen."

"Wir sollten jetzt zum Schießstand gehen", schlug Robert vor, der eine Armbanduhr besaß. "Dann brauchen wir uns nicht zu beeilen."

Schwierig war es nur, Sebastian zum Vorwärtsgehen zu bewegen. Sein Erfolg hatte ihn so stolz gemacht, dass er jedem, den er traf, davon erzählte. Dazu hüpfte er auf und nieder und sang heitere Lieder.

Als sie sich dem Schießstand näherten, kamen sie an einer Bude vorbei, in der sich ganze Berge von Glas- und Porzellanwaren als Preise türmten. Daneben saß ziemlich widerwillig Adalbert, der auf den Stand aufpasste, während seine furchterregend große Cousine Kaffee trank.

"Nur hereinspaziert, nur hereinspaziert!", grinste er die

Gruppe an. Dabei zeigte er auf ein grässliches Gesicht, das auf der hinteren Wand der Hütte aufgemalt war. "Wenn ihr eine Kugel durch den offenen Mund werfen könnt, gewinnt ihr einen dieser herrlichen Preise."

"Oh, da würde ich aber gern mitmachen", rief Sebastian und sprang noch immer auf und nieder, "aber ich habe kein Geld mehr."

"Komm her; ich halte dich frei", bot Horst sehr großzügig an, denn insgeheim schämte er sich sehr, dass er im falschen Moment ‚Buh!' gerufen hatte.

"Vielen, vielen Dank", sagte Sebastian und vergab ihm alles.

Nun war Sebastian ein unglaublich schlechter Werfer - ganz gleich mit welcher Art von Ball - doch jetzt setzte die Aufregung seine Treffsicherheit noch stark herab.

Adalbert gab ihm die schwere Holzkugel, er trat einen Schritt zurück und warf sie mit großer Wucht in eine völlig verkehrte Richtung. Sie verfehlte Adalberts ärgerliches Gesicht nur knapp und fuhr mitten zwischen die sorgfältig ausgestellten Preise. Mit entsetzlichem Krach fielen Tassen, Kaffeekannen, Gläser, Butterschalen und geschmacklose Porzellanvasen durcheinander und zerbrachen schließlich am Boden in Tausende von Scherben.

"Du kleiner Halunke!", fluchte Adalbert. "Was wird bloß meine Cousine sagen?" Er ergriff seinen Spazierstock und drohte: "Warte nur, bis ich dich erwische."

Aber Sebastian wartete nicht! So schnell ihn seine Füße trugen, rannte er davon, gefolgt von Adalbert mit drohend geschwungenem Spazierstock. Hinter ihm rannten seine Cousine, die noch ihre Kaffeetasse in der Hand hielt und all die anderen, die den Spaß miterleben wollten.

Sebastian war so verschreckt, dass er gar nicht aufpasste, wohin er lief. Er jagte durch die Menge, die der Trachtenkapelle zuhörte. Im nächsten Augenblick war er direkt in die gemessenen Schrittes einhermarschierende Kolonne hineingeraten. Das Brummen der Basstuba erstarb plötzlich, Trommelschlägel wirbelten durch die Luft, die Musikanten fielen übereinander und untereinander und bildeten einen verwirrten Knäuel von Kostümen und Beinen.

Sebastian hielt nicht einmal an, um zu sehen, was weiter geschehen würde, sondern jagte davon, dem Gaswerk zu, wo er sich verstecken konnte. Weit hinter sich ließ er den Kapellmeister, der mit seinem Taktstock herumfuchtelte und den Basspauker, dessen Kopf durch das hoffnungslos zerstörte Trommelfell hindurchsah.

Trotz der ernsten Bitten des Bürgermeisters besuchte nach diesem Vorfall die Trachtenkapelle nie wieder das Städtchen Dilfingen!

Kapitel 14

Das Preisschießen

"Sieh an! Man trifft dich auch hier", sagte eine angenehme, musikalische Stimme. Der Vater zuckte heftig zusammen und verschüttete fast den Kaffee, den er vor sich her trug. "Hat nicht Frank gesagt, du seiest zu beschäftigt, um zu kommen?"

Die schöne Frau trug ein himmelblaue Kleid und sah aus wie ein Geschöpf aus einer anderen Welt, als sie dort in dem vollen Erfrischungszelt allein ihren Kaffee trank.

"Na ja", antwortete der Vater ziemlich verlegen, "es hat mit der Ernte so gut geklappt, dass ich dachte, ich könnte mir ruhig einmal den Nachmittag frei nehmen. Ich wollte die Hundeschau sehen und außerdem hat Frank gebettelt, ich solle mir einen Schießwettbewerb oder so etwas ansehen. Ich weiß allerdings nicht, warum", fügte er hinzu, "denn er kann natürlich nicht teilnehmen."

"Oh ja, du musst kommen und sehen, wie mein Sohn seine Sache macht", lachte Frau Tanner. Robert Schäfer antwortete nicht, denn er hatte seine Augen prüfend auf ihr Gesicht geheftet, als ob er etwas suche.

Er versuchte schließlich, die seltsame Stimmung abzuschütteln und sagte in gezwungen heiterem Tonfall: "Nun, ich hoffe, du hast nicht vergessen, für mich zu beten."

"Ich habe es nicht vergessen", war ihre ruhige Antwort. "Es ist vielmehr so, dass ich kaum zu beten aufgehört habe, seit ich dich das letzte Mal gesehen habe."

"Nun, es wäre mir lieber, wenn du damit ein für alle Mal aufhörtest!", erwiderte der Vater und war plötzlich sehr ärgerlich. "Seit du neulich morgens zu mir kamst, habe ich keine Ruhe gehabt. Es ist gerade so, als riefe mich Gott immerzu."

"Warum gehst du dann nicht zurück zu ihm?", fragte Frau Tanner freundlich.

"Was? Zu Gott zurückkriechen und zugeben, dass ich ohne ihn nicht leben kann? Niemals! Das wäre eine reine Niederlage!"

Plötzlich blitzte auch in ihren Augen der Zorn. "Du bist der dümmste Mann, den ich kenne, Robert Schäfer", sagte sie. "Du weißt den Weg zum Glück und bist zu stolz, ihn zu gehen." Damit erhob sie sich und ging schnell aus dem Zelt.

"Das Bogenschießen der ‚Unter Vierzehnjährigen' beginnt jetzt", dröhnten die Lautsprecher.

"Kommt, schnell!", rief Mark den anderen zu, die immer noch die Verwirrung der ärgerlichen Musikanten beobachteten. "Ich gehe zum Auto und hole die Sachen. Wir treffen uns am Schießstand."

Bald standen sie alle in der Schlange der Bewerber und warteten darauf, dem nervösen Herrn Klaar ihre Namen anzugeben. Einer nach dem anderen gab ihm die fünfzig Pfennige Teilnahmegebühr und er notierte ihre Namen in sein Buch.

Als Frank an die Reihe kam, schaute Herr Klaar mürrisch auf und balancierte seinen Bleistift in der Luft. "Geh weg, Frank Schäfer, ich kann mich jetzt nicht auch noch um dich kümmern."

"Aber bitte, ich wollte teilnehmen", stammelte Frank und kam sich sehr albern vor.

Herr Klaar runzelte die Stirn. "Dies ist ein ernsthafter Wettbewerb. Wir können dich nicht näher an der Zielscheibe stehen lassen oder dir sonstige Vorteile gewähren."

"Ich weiß", sagte Frank und wurde rot. "Ich werde wie jeder andere kämpfen", und bestimmt legte er seine Teilnahmegebühr auf den Tisch.

Robert und Heide standen hinter ihm in der Schlange. Als er bezahlt hatte, fragte Robert: "Du nimmst doch nicht wirklich teil?" Frank wünschte, es wäre so, doch er bestätigte seinen Entschluss.

"Wir können jetzt beginnen", kündigte Herr Klaar mit seiner lauten Stimme an, als er alles Geld eingesammelt hatte. "Wir haben einundzwanzig Schützen. Ich bitte die ersten drei, für den ersten Durchgang an der Vierzigmeterlinie Aufstellung zu nehmen."

Robert gehörte zusammen mit zwei Jungen von einer anderen Schule zur ersten Gruppe. Nacheinander schossen sie zunächst drei und dann drei weitere Pfeile ab. Robert erzielte zwanzig Punkte, aber einer der anderen, ein großer, rothaariger Junge, bekam fünfundzwanzig Punkte.

In der nächsten Gruppe schoss Heide und sie war so nervös, dass sie mit zwei Pfeilen die Zielscheibe völlig verfehlte, drei in das Weiße und einen in das Schwarze schoss. Damit hatte sie ganze fünf Punkte erreicht.

Frank stand daneben und beobachtete die nächsten Gruppen. Je näher die Reihe an ihn kam, desto schneller schlug sein Herz.

"Ich werde mich unsterblich blamieren", flüsterte er. "Nie mehr kann ich mich irgendwo sehen lassen. Wie konnte ich nur so wahnsinnig sein, in einem solchen Wettbewerb mitzumachen?"

Sein Selbstvertrauen wurde in keiner Weise durch Horsts sarkastisches Lächeln gestärkt. "Wir sind hier nicht im Sanatorium", sagte er hämisch, als er Franks Bogen und Pfeile sah.

"Nun die letzten drei zur Schusslinie", forderte Herr Klaar auf und Frank wurde bewusst, dass seine Stunde geschlagen hatte.

Er musste zusammen mit Mark und Horst schießen, und er war froh darüber. "Alle werden zu sehr damit beschäftigt sein, den Zweikampf der beiden zu verfolgen, um zu bemerken, was ich tue", dachte er. Aber als er sich hinter der Linie aufstellte, sah er viele erstaunte Gesichter in der Menge, die den Schießstand umringte. Alle Leute, die ihn kannten, stießen sich gegenseitig an und zeigten auf ihn. Als er dann noch das überraschte Gesicht seines Vaters in der Menge sah, setzte sein Herzschlag für einen Augenblick aus. Er war also doch gekommen! "Jetzt muss ich einfach das Beste leisten", dachte er, "oder Vater wird sich meiner schämen, wie immer."

"Schießen, bitte", befahl Herr Klaar und Horst spannte seinen Bogen. Sein erster Pfeil traf genau in das Goldene und erzielte neun Punkte. Die Menge atmete hörbar auf und Horst schoss mit einem überlegenen Lächeln zwei weitere Pfeile ab, einen in das Rote für sieben und einen in das Blaue für fünf Punkte.

"Einundzwanzig mit den ersten drei Pfeilen - großartige Leistung", lobte der Pfarrer.

"Ja", sagte der Vater, der ihm gerade von der schönen Frau

vorgestellt worden war. "Der Himmel weiß, wer meinen kleinen Sohn dazu überredet hat, teilzunehmen; er wird kaum genug Kraft haben, die Zielscheibe zu erreichen."

"Macht nichts", tröstete der Pfarrer freundlich. "Allein das Gefühl der Teilnahme wird ihm gut tun, selbst wenn er keinen einzigen Punkt bekommt."

"Ich hatte keine Ahnung, dass die beiden immer auf dem Feld zusammen geprobt haben", warf Frau Tanner ein. "Ich dachte, Frank schaute Mark nur zu."

Mark erzielte nur fünfzehn Punkte mit seinen ersten drei Pfeilen und dann war Frank an der Reihe. Er war inzwischen so nervös geworden, dass es ihm schon gleichgültig war, was passieren würde. Den ersten Pfeil schoss er mit geschlossenen Augen ab und wagte nicht, sie zu öffnen, bis er Mark sagen hörte: "Er steckt im Roten; gut gemacht!"

Die nächsten zwei Pfeile steckten beide im schwarzen und brachten je drei Punkte ein. Einen Moment lang herrschte verblüfftes Schweigen, als Frank seinen ‚Auftritt' beendet hatte, doch dann brachen alle in begeisterten Applaus aus.

"Dreizehn Punkte; was für ein Glück!", sagte der Vater und ließ sich seine Befriedigung nicht anmerken. Die allgemeine Aufmerksamkeit richtete sich nun wieder auf Horst, der mit drei weiteren Pfeilen seinen ersten Durchgang beendete. Er erzielte zwölf Punkte und hatte damit die Summe von dreiunddreißig - das bisher beste Ergebnis.

Mark fügte zehn zu seinen fünfzehn hinzu und trat dann zurück, um Frank zu beobachten. Der holte einmal tief Luft und traf zweimal in das Rote. Darüber war er so erregt, dass er den nächsten Pfeil zu schnell abschoss. Das Geschoss verfehlte die Scheibe völlig und fiel in einiger Entfernung zu Boden.

"Vergiss nicht, den Körper so lange ruhig zu halten, bis der Pfeil im Ziel ist", ermahnte ihn Mark, als sie weggingen und die ersten drei Schützen ihre Positionen wieder einnahmen.

"Trotzdem; siebenundzwanzig ist ein tolles Ergebnis. Du schlägst mich um zwei Punkte."

Niemand überbot Horsts Rekord von dreiunddreißig im zweiten Durchgang. Als er wieder an die Reihe kam, strotzte er deshalb von Selbstvertrauen.

Nach diesem Durchgang war der Stand: Horst dreiundsechzig Punkte, Mark (der einige Male ins Goldene getroffen hatte) sechzig und Frank siebenundfünfzig.

Der Vater traute seinen Ohren kaum, als das Ergebnis bekannt gegeben wurde. Er hatte sich immer seines Sohnes geschämt, als ob Franks Körperbehinderung seine Schuld gewesen sei. Immer hatte er sich im Stillen einen Jungen gewünscht, der das tun konnte, was andere Jungen auch taten. Genau das tat heute Frank und schlug obendrein noch die meisten von ihnen. Vater hatte das dringende Bedürfnis, die dicke Frau vor ihm anzustoßen und zu sagen: "Der blonde Junge dort ist mein Sohn!" Als er aber Adalbert und Herrn Michel auf sich zukommen sah, unterdrückte er diesen Wunsch und blickte ihnen strahlend entgegen.

"Welch ein Glück, dass Sie hier sind", pustete Herr Michel. "Wenn ich Ihnen später erzählt hätte, was Frank hier treibt, hätten Sie es mir bestimmt nicht geglaubt."

"Wenn ich an den kleinen, verkrümmten Kerl denke, der er war, weiß ich nicht, was ich denken soll", warf Adalbert ein.

"Irgendetwas hat den Jungen vollkommen verändert", fuhr Herr Michel fort. "Er hätte früher nie genug Selbstvertrauen gehabt."

Nur die schöne Frau sah den seltsamen Ausdruck, der bei dieser Bemerkung über Vaters Gesicht huschte.

"Ich wusste gar nicht, dass du schießen kannst, Frank", sagte Herr Klaar mit saurer Miene, während er geschäftig die Vorbereitungen für den letzten Durchgang traf.

"Du musst nur noch drei Punkte aufholen, Mark", flüsterte Heide, als wieder die letzten drei an der Reihe waren. "Du musst Horst einfach schlagen; er sieht so widerlich eingebildet aus."

"Der Kampf scheint sich nur noch zwischen Horst, Frank und Mark abzuspielen", bemerkte Robert. "Habt ihr schon einmal eine solche Sensation wie Frank gesehen?", fügte er hinzu. "Wer hätte bloß gedacht, dass er so gut schießen könnte?"

"Ich könnte es nicht glauben, wenn ich es nicht mit meinen eigenen Augen sähe", bekräftige Sebastian, der aus seinem Versteck gekrochen war und sich zu den anderen gesellt hatte. Er hatte viel zu viel Angst vor den Trachtenmusikanten und vor Adalberts schrecklicher Cousine gehabt, um sich am Wettkampf zu beteiligen. Jetzt aber war er viel zu sehr beschäftigt damit, Frank zu beobachten, als dass er noch Furcht gehabt hätte.

Horst stolzierte völlig von sich überzeugt zur Abschussmarke. Kaltblütig und ohne Anstrengung holte er sich mit den ersten drei Pfeilen zweiundzwanzig Punkte. Als Mark schoss, hielt Frank den Atem an, doch irgendetwas schien mit dem Freund nicht in Ordnung zu sein. Zwei Pfeile trafen ins Weiße und einer ins Blaue.

"Nur sieben Punkte", brummte er. "Was ist bloß los mit mir?"

Nun war Frank an der Reihe. Während er die Kerbe des

Pfeiles auf den dafür bestimmten Punkt der Sehne legte, fiel sein Auge auf die imposante Gestalt seines zukünftigen Direktors, der ihm aus der Menge zusah. Sogar das störte ihn nicht; er war vollkommen gelassen. Natürlich würde er nicht gewinnen können, aber er hatte sich nicht blamiert, wie er zuerst befürchtet hatte.

Er schoss seine drei Pfeile ab, ohne sich eigentlich darum zu kümmern, wohin sie flogen. Deshalb wollte er es zunächst gar nicht glauben, als der Schiedsrichter - einer der Lehrer des Gymnasiums - fünfundzwanzig Punkte zählte.

"Ein schneidiger Bursche ist das", sagte der Direktor der Höheren Schule zu Fräulein Klaar, der fast die Augen aus dem Kopf fielen, wenn sie Frank ansah. "Er wird ein großer Gewinn für unsere Schule sein. Es gehört schon eine Menge dazu, sich mit so einer körperlichen Behinderung vor eine so große Menschenmenge hinzustellen."

Horst hörte diese Bemerkung und zuckte verächtlich mit den Achseln. Sollte doch der kleine Frank ruhig ein Gewinn für das blöde alte Gymnasium sein. Nur noch drei Wochen unter diesem dummen Landvolk, dann würde er - Horst - in dem teuren Internat umgeben sein von vernünftigen Menschen, die ihn bewunderten. Aber in der Zwischenzeit wollte er den Wettkampf gewinnen und diesen Dörflern das Staunen beibringen.

Sein Endstand war achtundneunzig Punkte, und als er den Bogen hinwarf und die Arme verschränkte, schien sein Lächeln zu sagen: "Überbietet das, wenn ihr könnt."

Müßig beobachtete er die anderen und überlegte schon, wie er sich hinstellen wollte, wenn der Reporter die Bilder machte.

"Mark braucht zweiunddreißig, um ihn zu schlagen", dachte Frank verzweifelt. "Das kann er nicht schaffen."

Mark strengte sich sehr an, erzielte aber nur zweiundzwanzig Punkte. Damit war sein Endergebnis neunundachtzig - er lag genau neun Punkte hinter dem grinsenden Horst.

"Nun, er ist wenigstens Zweiter geworden", dachte Frank, während er sich aufstellte. Doch in diesem Augenblick flüsterte ihm Heide zu: "Los, Frank; alles hängt von dir ab."

"Was hängt alles von mir ab?", wunderte sich Frank. "Ich habe doch überhaupt keine Aussichten." Da kam ihm blitzartig zu Bewusstsein, dass er nur noch siebzehn Punkte zum Sieg brauchte.

Kapitel 15

Überraschungen für Frank

Dieser Gedanke brachte ihn so aus der Fassung, dass der Pfeil, den er auflegen wollte, ihm aus den Fingern glitt und in fast zwei Meter Entfernung zu Boden fiel.

"Es tut mir leid, aber wir müssen das als Schuss zählen", sagte Herr Klaar und Triumph schwang in seiner Stimme mit.

"Vielleicht kann er den Pfeil von der Linie aus berühren", schlug Mark vor. "Versuch es, Frank; wenn du es schaffst, darfst du noch einmal schießen."

Frank setzte den Fuß fest auf die Linie und streckte dann den Bogen so weit von sich, wie er konnte. Dem Vater schlug das Herz bis zum Halse, als er Franks vergebliche Bemühung sah: Es fehlten zehn Zentimeter. Frank hielt den Atem an und versuchte noch einmal sein Glück. Und diesmal konnte er mit dem äußersten Ende des Bogens den Pfeil berühren! Das Publikum klatschte und rief ‚Bravo!'. Der Vater klopfte dem Pfarrer auf die Schulter, schüttelte Herrn Michel die Hand und war nahe daran, der dicken Frau einen Rippenstoß zu geben.

Aber Frank hatte keine Konzentration mehr und der so hart erkämpfte Pfeil verfehlte das Ziel ganz und gar. Der Vater schnappte nach Luft und biss sich enttäuscht auf die Lippe. "Wenn er nur gewonnen hätte", sagte er zu der schönen Frau, "ich glaube, ich wäre der glücklichste Mann der Welt gewesen."

Frank sah Vaters enttäuschten Gesichtsausdruck und tiefe

Niedergeschlagenheit erfüllte ihn. "Bitte, Gott, lass mich gewinnen, damit Vater stolz auf mich sein kann", flüsterte er.

Kaltblütig war er plötzlich und sehr ruhig. Ohne weiter nachzudenken, schoss er seine zwei letzten Pfeile in das goldene Feld. Ein Sturm des Jubels brach von allen Seiten los, "Hundert Punkte!", atmete Mark auf, während Heide auf und nieder sprang und schrie: "Frank hat Horst geschlagen! Frank hat Horst geschlagen!"

Herr Klaar sah sehr verblüfft aus, der Pfarrer klatschte, bis ihm die Hände weh taten, Robert stand mit offenem Munde da, während Sebastian sich wieder auf die Erde warf und mit den Beinen in der Luft strampelte. Sogar Sybille konnte wieder lächeln und Herr Michel war so begeistert, dass er seine Diät völlig vergaß, losstürzte, um jedem eine Portion Eiskrem zu spendieren, und zur Feier des Tages selbst sechs Portionen aß.

Adalbert fuhr sich über sein braunes Gesicht und sagte: "Dies ist ein großer Tag für Schwarzeneck!" Plötzlich musste er hinter dem Erfrischungszelt verschwinden und sich sehr geräuschvoll die Nase putzen! Es gab nur einen Menschen, der sich nicht freute und aufgeregt Kommentare gab, und das war Horst. Er hob seinen Bogen und seine Pfeile auf und ging brummend fort.

Der Direktor des Gymnasiums segelte majestätisch auf Herrn Klaar zu und sagte: "Mein lieber Klaar, Sie scheinen da einige ganz hervorragende Nachwuchskräfte an ihrer Schule herangebildet zu haben. Vor allem bei dem verkrüppelten kleinen Jungen haben Sie ja großen Erfolg gehabt."

"Nun ja", antwortete Herr Klaar, "man macht sich gern besondere Mühe mit diesen behinderten Kindern."

"Besondere Mühe! So ein Quatsch!", murmelte Frank, der

die Unterhaltung mit angehört hatte, aber war viel zu glücklich, um sich zu ärgern. Zum ersten Mal in seinem Leben fühlte er sich anderen Jungen seines Alters ebenbürtig und konnte ihnen gerade ins Gesicht sehen, wie der alte Mann es ihm geraten hatte.

In all dem Lärm und der Aufregung stand der Vater ganz still da, schaute benommen und immer noch ungläubig zu Frank hinüber. Als sein Sohn überglücklich zu ihm sprang, bekam er fast keine Luft mehr.

"Es ist ein Wunder", flüsterte er heiser.

"Ich habe eigentlich bis jetzt nur Wunder erlebt, seit ich Christ bin", lachte Frank und vergaß ganz, mit wem er sprach. Schmerz und Ärger malten sich auf Vaters Gesicht und Frank erkannte mit Schrecken, was er soeben gesagte hatte.

"Ich ertrage es nicht länger", sagte der Vater plötzlich, drehte sich auf dem Absatz um und lief zum Parkplatz. Bald schon jagte er im Auto die Hauptstraße hinunter.

"Mach dir keine Sorgen um ihn", sagte die schöne Frau. "Ich glaube, er ist nach Hause gefahren, um mit Gott wieder ins Reine zu kommen. Meine Güte, es wurde auch langsam Zeit!"

In diesem Augenblick stürzte Adalbert herbei, gefolgt von zwei baumlangen Polizisten. "Wo ist dein Vater, Jungchen?", keuchte er. "Die Polizisten suchen ihm."

"Es ist eine sehr dringende Angelegenheit, mein Junge", sagte der eine der beiden Gendarmen. "Man sagte uns auf dem Hof, er sei hier. Du musst auch mitkommen", fügte er hinzu und ergriff Frank beim Arm.

"Vater ist gerade nach Hause gefahren; aber was haben

wir denn getan?", fragte Frank erschreckt. "Ich werde es dir auf dem Weg erzählen", sagte der Polizist und zog ihn zu dem wartenden Wagen. Überrascht folgten alle und beobachteten, was geschah.

"Hören Sie mal, das können Sie doch nicht einfach tun", erhob der Pfarrer Einspruch.

"Was da nur los ist?", fragte Herr Michel, der sich die Sensation nicht entgehen lassen wollte.

"Kommt, wir kämpfen mit ihnen und befreien Frank", rief Mark und schwenkte seinen Bogen.

"Es ist alles in Ordnung", beruhigte sie der Gendarm und packte Frank in den Wagen. "Es handelt sich um den hässlichen, alten Landstreicher aus dem Wald. Er hat einen Herzanfall gehabt und Dr. Harder sagt, er läge im Sterben. Scheinbar hat der Alte den beiden Schäfers etwas sehr Wichtiges zu sagen und deshalb müssen wir sie rechtzeitig hinbringen." Das Polizeiauto rumpelte und polterte mit hoher Geschwindigkeit den unebenen Waldweg entlang und hatte in kürzester Zeit Frank und den Vater zu der Lichtung gebracht, auf der der Wohnwagen des Alten stand.

Dr. Harder stand im Tor und hatte missbilligend die Arme verschränkt.

"Sie haben lange genug gebraucht, um zurückzukommen", sagte er mit seiner üblichen, sauren Miene. "Aber glücklicherweise scheint er sich inzwischen etwas erholt zu haben. Er brach im Wald zusammen und wurde von Hannes Lämmerich gefunden. Weil er murmelte, dass er Sie sprechen müsse, ließ ich Sie holen. Jetzt sitzt er und fühlt sich ziemlich stark, aber der Krankenwagen ist schon unterwegs."

Frank und sein Vater betraten den dunklen, kleinen Wohnwagen und fanden den alten Mann auf seiner Schlafstelle. Man hatte ihm einige alte Säcke und Strohhaufen zur Stütze gegeben. Die beiden standen wie vom Schlag gerührt, als sie sahen, was er in seinen alten, faltigen Händen hielt. Es war Urgroßmutters Bibel.

"Kommt nur herein", sagte er. "Ich habe euch euer Eigentum zurückzugeben. Seht ihr, ich sterbe jetzt", fügte er fast fröhlich hinzu. "Da wollte ich vorher noch einmal meine Verwandten sehen."

"Verwandte?", murmelte der Vater befremdet.

"Ja, Verwandte", sagte der alte Mann. "Du bist mein Neffe. Hast du nie von Harry, dem schwarzen Schaf der Familie gehört, der ins Ausland weglief? Ich wurde genau wie ihr auf Schwarzeneck geboren und dies ist die Bibel meiner Mutter. Sie sagte immer, dieses Buch sollte Schwarzeneck niemals verlassen. Solange es die Schäfers lesen und lieben, sagte sie, werden sie immer glücklich sein. Aber sobald sie aufhören, darin zu lesen, wird Unglück über sie kommen."

Er sah den Vater an und lächelte sein seltsames, verzerrtes Lächeln. "Hier, nimm es lieber wieder zurück. Ich habe dich oft auf Schwarzeneck beobachtet und mir Gedanken darüber gemacht, wie unglücklich du aussiehst."

Der Vater trat zum Bett und ergriff ehrfürchtig das alte Buch, das er einmal hatte vernichten wollen. Er starrte es an und murmelte scheu: "Das Merkwürdigste von allem ist, dass ich heute Gott und zugleich diese Bibel wiedergefunden habe." Still stand er da und hielt sie fest wie den größten Schatz der Welt.

"Wie hast du sie nur bekommen, Großonkel?", fragte Frank atemlos. "Kannst du zaubern?"

Nein, nein, mein Junge", antwortete der alte Mann schwach. "Eines Tages ging ich durch den Wald, als ich einen großen, mürrisch aussehenden Jungen traf, der dieses Buch trug. Ich erkannte es als die Bibel meiner Mutter wieder und so schrie ich ihn an: ‚Lass das fallen!' Er tat es und rannte davon. Seither habe ich immer darin gelesen und mich an all das erinnert, was ich von Mutter vor langer, langer Zeit lernte. Ich glaube, sie hätte es lieber, wenn das Buch jetzt zurück nach Schwarzeneck käme!"

Plötzlich wurde sein Gesicht aschfahl. Er legte seine Hand auf Franks Arm und sagte: "Sorge für meine Meerschweinchen und lass sie weiter ihre Pokale gewinnen."

Dr. Harder machte einen Schritt nach vorn, räusperte sich geräuschvoll und sagte: "Hmm, hmm". Er liebte es gar nicht, sich um alte, schmutzige Landstreicher kümmern zu müssen und war entsetzt, dass die Schäfers einen in ihrer Verwandtschaft hatten. Als aber in diesem Augenblick der Waldaufseher hereintrat und sehr ehrerbietig und höflich sagte: "Guten Tag, es tut mir sehr leid, dass es Ihnen nicht gut geht", da weiteten sich Dr. Harders Augen vor Erstaunen.

"Oh, da sind Sie ja, Ferguson", sagte der alte Landstreicher von seiner strohbedeckten Schlafstelle aus. "Passen Sie auf: Ich hinterlasse den gesamten Wald diesem Jungen hier. In meinem Testament beim Rechtsanwalt steht, dass er ihm gehört, wenn er volljährig ist. Ich habe dich gern, mein Junge", sagte er und sah Frank aus halbgeschlossenen Augen an. "Ich möchte, dass dir mein Wald gehört. Ich habe all mein Geld in Kanada verdient und dort gehörten mir viele Wälder.

Ich habe sie aber verkauft, um diesen hier zu kaufen. So konnte ich in der Nähe von Schwarzeneck leben. Verpfusche nicht dein Leben wie ich, Junge; denk immer daran, allen gerade ins Auge zu sehen."

Kapitel 16

Vieles ändert sich

Frank saß im Apfelbaum und sah nach Schwarzeneck hinüber. So vieles hatte sich verändert, seit er das letzte Mal in diesem Baum gesessen hatte, dass man kaum glauben wollte, dass seitdem erst zwei Jahre vergangen waren.

Damals hatte er gedacht, das Haus sähe verflucht aus, aber jetzt bot es einen friedlichen und freundlichen Anblick. Alle Fenster standen offen und waren frisch gestrichen. Frische, farbenfrohe Vorhänge schauten hervor. Rote Kletterrosen bedeckten die Wände und milderten ihre graue Schroffheit. Urgroßmutters Garten war wieder so sauber und farbenprächtig wie zu ihren Zeiten, und die Bäume im nahen Wald waren größer und gerader und sahen gesünder aus.

Frank sah an sich selbst herunter. Wenn sich das Haus in den letzten zwei Jahren verändert hatte, dann hatte er es erst Recht. Sobald er in die Höhere Schule gekommen war, hatte er angefangen zu wachsen, jetzt war er größer als Mark und fast so groß wie Robert. Durch die Hilfe eines Spezialisten, eines Physiotherapeuten, konnte er besser laufen, und seine linke Hand wurde von Tag zu Tag stärker. Er war der Beste seiner Klasse und Kapitän der Bogenmannschaft seiner Schule. Er hatte inzwischen völlig vergessen, wie es ist, wenn man sich befangen fühlt.

Frank blickte über den Wald - seinen Wald - und seine Brust schwoll vor Stolz. Eines Tages würde er zur Universität gehen und alles über die Pflanzung und Pflege von Bäumen lernen. Dann würde er nach Hause zurückkehren und das große Erbe übernehmen, das ihm der ‚Hässliche' hinterlassen hatte. Muffige Büroberufe waren nichts für die Schäfers von Schwarzeneck.

Ein ängstliches Quieken erinnerte ihn daran, dass er bald die berühmten Champion-Meerschweinchen futtern musste. Die Tür des Geschirrstalles stand offen und Frank konnte die Reihen und Lagen von sauberen Käfigen sehen. Erst in der letzten Woche hatte ein Sohn von Peter und einer Urenkelin des ‚Kaisers' die höchste Auszeichnung gewonnen, die es für Meerschweinchen gibt.

Frank war nicht der Einzige in der Gegend, der sich verändert hatte. Horst war als ein anderer Junge aus dem ersten Schuljahr im Internat zurückgekommen. Anstatt der älteste und klügste Schüler in einer kleinen Schule zu sein, war er der kleinste und dümmste Junge in einer sehr großen Schule. Jeder der anderen siebenhundert Schüler hatte es sich zur persönlichen Aufgabe gemacht, ihn zu ‚ducken'.

In jeden Ferien kam ein etwas netterer Horst nach Hause und Mark sagte oft: "Er ist jetzt schon fast ein Mensch." So oft er konnte, kam er zur Kirche und in den Klub und hörte dem Pfarrer genauso aufmerksam zu wie jeder andere.

Die größte Veränderung war natürlich ..., aber da rief ihn jemand vom Haus her. Sofort kletterte er vom Baum herunter und ging zur Hintertür. Ja, das war die größte Veränderung!

Um den mit herrlichen Schnitten, Kuchen, Brötchen und Marmeladen beladenen Tisch saßen der Vater, Mark und die schöne Frau.

"Komm schon, Frank", grinste Mark; "ich verhungere fast!"

Als der Vater gebetet hatte, musste Frank denken: "Es ist

jammerschade, dass sie nicht noch ein paar Jahre gewartet und mich geheiratet hat, aber ich glaube, es ist besser, Mark als Bruder zu haben. Als meinen Stiefsohn könnte ich ihn mir schlecht vorstellen!"

Urgroßmutters Bibel lag auf einem Ehrenplatz und das Bild Harrys, des schwarzen Schafes der Familie, stand auf dem Kaminsims. Seit Gott im Leben der vier Menschen dort am Tisch wohnte, lebten die Schäfers von Schwarzeneck wieder in Frieden.

clv

Dave und Neta Jackson
Unternehmen Auca - Nate Saint

Taschenbuch

160 Seiten
DM 6.80
ISBN 3-89397-415-6

Sie sind berüchtigt und gefürchtet, verbreiten Angst und Schrecken, töten jeden Fremden und trauen niemandem, nicht einmal den Nachbarstämmen – die Huaoranis, besser bekannt als Aucas.

Der elfjährige Niwa ist einer von ihnen.

Plötzlich geschehen seltsame Dinge – eine riesige „Holzbiene" erscheint am Himmel und Geschenke an den Stamm werden abgeworfen. Der Dschungelflieger Nate Saint und sein Missionsteam wollen den Aucas das Evangelium bringen.

Niwa ist davon begeistert. Er möchte gerne mit den geheimnisvollen Weißen Freundschaft schließen und seinen Stamm davon überzeugen, dass die fremde „Holzbiene" und ihre Insassen nichts Böses beabsichtigen. Doch als ein anderes Stammesmitglied Lügen über die fünf Missionare verbreitet, verlangt das ganze Dorf nach ihrem Tod – außer Niwa. Wird er sie rechtzeitig von ihrem Vorhaben abhalten können?

JM 8-12

clv

J. L. Rees
Der Schrecken von Longfield

Taschenbuch

128 Seiten
DM 4.80
ISBN 3-89397-182-3

Jack ist ein Gezeichneter – von seinen Eltern verstoßen, vom Betreuer gehasst, als brutaler Schläger und Brandstifter verrufen, dazu noch mit einem entstellenden Muttermal im Gesicht – es scheint keine Hoffnung für ihn zu geben.

Doch die Macht der Liebe Gottes, von seiner neuen Pflege-Familie trotz vieler Enttäuschungen konsequent ausgelebt, durchbricht die Mauern von Verbitterung und Hass und lässt das Unmögliche möglich werden.

JM ab 10 Jahren